司波深雪 しば・みゆき
魔法大学三年。
四葉家の次期当主。達也の婚約者。
冷却魔法を得意とする。
メイジアン・カンパニーの理事長を務める。

（ここは「三十六計逃げるに如かず」だ）
九島光宣 くどう・みのる
達也との決戦後、水波とともに眠りについた。
現在は水波とともに中軌道上の人工衛星から
達也の手伝いをしている。

（「リアクティブ・アーマー」が解除されている、だと……!?）
遠上遼介　とおかみ・りょうすけ
国際政治結社『FEHR』に所属している
日本人の青年。
大学生時代にバンクーバーに留学し、
『FEHR』の活動に傾倒し、大学を中退。
数字落ちである『十神』の魔法を使う。

アンジェリーナ・クドウ・シール
魔法大学三年。
元USNA軍スターズ総隊長アンジー・シリウス
日本に帰化し、深雪の護衛として、達也、深雪
ともに生活している。

世界最強となった兄と
兄へ絶対的な信頼を寄せる妹。
彼らが理想とする社会実現のための一歩を踏み出した時、
混乱と変革の日々の幕が開いた――。

続・魔法科高校の劣等生
メイジアン・カンパニー

The irregular at magic high school
Magian Company

5

佐島 勤
Tsutomu Sato
illustration
石田可奈
Kana Ishida

司波達也《しば・たつや》

魔法大学三年。
数々の戦略級魔法師を倒し、その実力を示した
『最強の魔法師』。深雪の婚約者。
メイジアン・ソサエティの副代表を務め、
メイジアン・カンパニーを立ち上げた。

司波深雪《しば・みゆき》

魔法大学三年。
四葉家の次期当主。達也の婚約者。
冷却魔法を得意とする。
メイジアン・カンパニーの理事長を務める。

アンジェリーナ・クドウ・シールズ

魔法大学三年。
元USNA軍スターズ総隊長アンジー・シリウス。
日本に帰化し、深雪の護衛として、
達也、深雪とともに生活している。

九島光宣《くどう・みのる》

達也との決戦後、水波とともに眠りについた。
現在は水波とともに衛星軌道上から
達也の手伝いをしている。

桜井水波《さくらい・みなみ》

光宣の恋人。
光宣とともに眠りにつき、
現在は光宣と生活をともにしている。

藤林響子《ふじばやし・きょうこ》

国防軍を退役し、四葉家で研究に従事。
2100年メイジアン・カンパニーへと入社する。

遠上遼介《とおかみ・りょうすけ》

USNAの政治結社『FEHR』に所属している日本人の青年。
バンクーバーへ留学中に、
『FEHR』の活動に傾倒し、大学を中退。
数字落ちである『十神』の魔法を使う。

レナ・フェール

USNAの政治結社『FEHR』の首領。
『聖女』の異名を持ち、カリスマ的存在となっている。
実年齢は三十歳だが、
十六歳前後にしか見えない。

アーシャ・チャンドラセカール

戦略級魔法『アグニ・ダウンバースト』の開発者。
達也とともにメイジアン・ソサエティを設立し、
代表を務める。

アイラ・クリシュナ・シャーストリー

チャンドラセカールの護衛で
『アグニ・ダウンバースト』を会得した
非公認の戦略級魔法師。

一条将輝《いちじょう・まさき》

魔法大学三年。
十師族・一条家の次期当主。

十文字克人《じゅうもんじ・かつと》

十師族・十文字家の当主。
実家の土木会社の役員に就任。
達也曰く『巌のような人物』。

七草真由美《さえぐさ・まゆみ》

十師族・七草家の長女。
魔法大学を卒業後、七草家関連企業に入社したが、
メイジアン・カンパニーに転職することとなった。

西城レオンハルト《さいじょう・れおんはると》

第一高校卒業後、克災救難大学校、
通称レスキュー大に進学。達也の友人。
硬化魔法が得意な明るい性格の持ち主。

千葉エリカ《ちば・えりか》

魔法大学三年。達也の友人。
チャーミングなトラブルメイカー。

吉田幹比古《よしだ・みきひこ》

魔法大学三年。古式魔法の名家。
エリカとは幼少期からの顔見知り。

柴田美月《しばた・みづき》

第一高校卒業後、デザイン学校に進学。
達也の友人。霊子放射光過敏症。
少し天然が入った真面目な少女。

光井ほのか《みつい・ほのか》

魔法大学三年。光波振動系魔法が得意。
達也に想いを寄せている。
思い込むとやや直情的。

北山雫《きたやま・しずく》

魔法大学三年。ほのかとは幼馴染。
振動・加速系魔法が得意。
感情の起伏をあまり表に出さない。

四葉真夜《よつば・まや》

達也と深雪の叔母。
四葉家の現当主。

葉山《はやま》

真夜に仕える老齢の執事。

黒羽亜夜子《くろば・あやこ》

魔法大学二年。文弥の双子の姉。
四高を卒業時に、四葉家との関係は公表されている。

黒羽文弥《くろば・ふみや》

魔法大学二年。亜夜子の双子の弟。
四高を卒業時に、四葉家との関係は公表されている。
一見中性的な女性にしか見えない美青年。

花菱兵庫《はなびし・ひょうご》

四葉家に仕える青年執事。
序列第二位執事・花菱の息子。

七草香澄《さえぐさ・かすみ》

魔法大学二年。
七草真由美の妹。泉美の双子の姉。
元気で快活な性格。

七草泉美《さえぐさ・いずみ》

魔法大学二年。
七草真由美の妹。香澄の双子の妹。
大人しく穏やかな性格。

ロッキー・ディーン

FAIRの首領。見た目はイタリア系の優男だが、
好戦的で残虐な一面を持つ。
魔法師が支配する社会の実現のために
レリックを狙っている。

ローラ・シモン

ソーサラーやウィッチに分類される能力を持つ
北アフリカ系の美女。
ロッキー・ディーンの側近兼愛人。

呉内杏《くれない・あんず》

進人類戦線の現リーダー。
特殊な異能の持ち主。

深見快宥《ふかみ・やすひろ》

進人類戦線のサブリーダー。

Glossary
用語解説

魔法科高校
国立魔法大学付属高校の通称。全国に九校設置されている。
この内、第一から第三までが一学年定員二百名で
一科・二科制度を採っている。

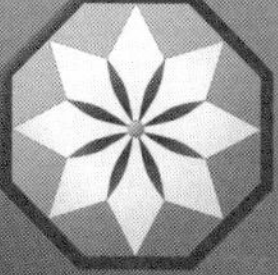
一科生のエンブレム

ブルーム、ウィード
第一高校における一科生、二科生の格差を表す隠語。
一科生の制服の左胸には八枚花弁のエンブレムが
刺繍されているが、二科生の制服にはこれが無い。

CAD〔シー・エー・ディー〕
魔法発動を簡略化させるデバイス。
内部には魔法のプログラムが記録されている。
特化型、汎用型などタイプ・形状は様々。

司波達也のCAD

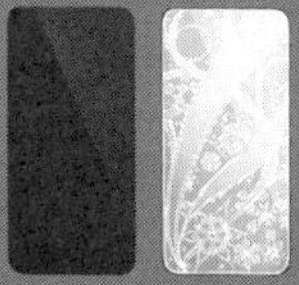
司波深雪のCAD

フォア・リーブス・テクノロジー〔FLT〕
国内CADメーカーの一つ。
元々完成品よりも魔法工学部品で有名だったが、
シルバー・モデルの開発により
一躍CADメーカーとしての知名度が増した。

トーラス・シルバー
僅か一年の間に特化型CADのソフトウェアを
十年は進歩させたと称えられる天才技術者。

エイドス〔個別情報体〕
元々はギリシア哲学用語。現代魔法学において
エイドスとは、事象に付随する情報体のことで、
「世界」にその「事象」が存在することの記録で、
「事象」が「世界」に記す足跡とも言える。
現代魔法学における「魔法」の定義は、エイドスを改変することによって、
その本体である「事象」を改変する技術とされている。

イデア〔情報体次元〕
元々はギリシア哲学用語。現代魔法学においてイデアとは、エイドスが記録されるプラットフォームのこと。
魔法の一次的形態は、このイデアというプラットフォームに魔法式を出力して、
そこに記録されているエイドスを書き換える技術である。

起動式
魔法の設計図であり、魔法を構築するためのプログラム。
CADには起動式のデータが圧縮保存されており、
魔法師から流し込まれたサイオン波を展開したデータに従って信号化し、魔法師に返す。

サイオン（想子）
心霊現象の次元に属する非物質粒子で、認識や思考結果を記録する情報素子のこと。
現代魔法の理論的基盤であるエイドス、現代魔法の根幹を支える技術である起動式や魔法式は
サイオンで構築された情報体である。

プシオン（霊子）
心霊現象の次元に属する非物質粒子で、その存在は確認されているがその正体、その機能については
未だ解明されていない。一般的な魔法師は、活性化したプシオンを「感じる」ことができるにとどまる。

魔法師
『魔法技能師』の略語。魔法技能師とは、実用レベルで魔法を行使するスキルを持つ者の総称。

魔法式
事象に付随する情報を一時的に改変する為の情報体。魔法師が保有するサイオンで構築されている。

魔法演算領域

魔法式を構築する精神領域。魔法という才能の、いわば本体。魔法師の無意識領域に存在し、
魔法師は通常、魔法演算領域を意識して使うことは出来ても、そこで行われている処理のプロセスを
意識することは出来ない。魔法演算領域は、魔法師自身にとってもブラックボックスと言える。

魔法式の出力プロセス

❶起動式をCADから受信する。これを「起動式の読込」という。
❷起動式に変数を追加して魔法演算領域に送る。
❸起動式と変数から魔法式を構築する。
❹構築した魔法式を、無意識領域の最上層にして
意識領域の最下層たる「ルート」に転送、意識と無意識の
狭間に存在する「ゲート」から、イデアへ出力する。
❺イデアに出力された魔法式は、指定された座標の
エイドスに干渉しこれを書き換える。

単一系統・単一工程の魔法で、この五段階のプロセスを
半秒以内で完了させることが、「実用レベル」の
魔法師としての目安になる。

魔法の評価基準(魔法力)

サイオン情報体を構築する速さが魔法の処理能力であり、
構築できる情報体の規模が魔法のキャパシティであり、
魔法式がエイドスを書き換える強さが干渉力、
この三つを総合して魔法力と呼ばれる。

基本コード仮説

「加速」「加重」「移動」「振動」「収束」「発散」「吸収」「放出」の四系統八種にそれぞれ対応した
プラスとマイナス、合計十六種類の基本となる魔法式が存在していて、
この十六種類を組み合わせることで全ての系統魔法を構築することができるという理論。

系統魔法

四系統八種に属する魔法のこと。

系統外魔法

物質的な現象ではなく精神的な現象を操作する魔法の総称。
心霊存在を使役する神霊魔法・精霊魔法から読心、幽体分離、意識操作まで多種にわたる。

十師族

日本で最強の魔法師集団。一条(いちじょう)、一之倉(いちのくら)、一色(いっしき)、二木(ふたつぎ)、
二階堂(にかいどう)、二瓶(にへい)、三矢(みつや)、三日月(みかづき)、四葉(よつば)、五輪(いつわ)、
五頭(ごとう)、五味(いつみ)、六塚(むつづか)、六角(ろっかく)、六郷(ろくごう)、六本木(ろっぽんぎ)、
七草(さえぐさ)、七宝(しっぽう)、七夕(たなばた)、七瀬(ななせ)、八代(やつしろ)、八朔(はっさく)、
八幡(はちまん)、九島(くどう)、九鬼(くき)、九頭見(くずみ)、十文字(じゅうもんじ)、十山(とおやま)の
二十八の家系から四年に一度の「十師族選定会議」で選ばれた十の家系が『十師族』を名乗る。

数字付き

十師族の苗字に一から十までの数字が入っているように、百家の中でも本流とされている家系の
苗字には“『千』代田”、“『五十』里”、“『千』葉”家の様に、十一以上の数字が入っている。
数値の大小が力の強弱を表すものではないが、苗字に数字が入っているかどうかは、
血筋が大きく物を言う、魔法師の力量を推測する一つの目安となる。

数字落ち

エクストラ・ナンバーズ、略して「エクストラ」とも呼ばれる、「数字」を剥奪された魔法師の一族。
かつて、魔法師が兵器であり実験体サンプルであった頃、「成功例」としてナンバーを与えられた
魔法師が、「成功例」に相応しい成果を上げられなかった為に捺された烙印。

様々な魔法

● コキュートス
精神を凍結させる系統外魔法。凍結した精神は肉体に死を命じることも出来ず、
この魔法を掛けられた相手は、精神の「静止」に伴い肉体も停止・硬直してしまう。
精神と肉体の相互作用により、肉体の部分的な結晶化が観測されることもある。

● 地鳴り
独立情報体「精霊」を媒体として地面を振動させる古式魔法。

● 術式解散〔グラム・ディスパージョン〕
魔法の本体である魔法式を、意味の有る構造を持たないサイオン粒子群に分解する魔法。
魔法式は事象に付随する情報体に作用するという性質上、その情報構造が露出していなければならず、
魔法式そのものに対する干渉を防ぐ手立ては無い。

● 術式解体〔グラム・デモリッション〕
圧縮したサイオン粒子の塊をイデアを経由せずに対象物へ直接ぶつけて爆発させ、そこに付け加えられた
起動式や魔法式などの、魔法を記録したサイオン情報体を吹き飛ばしてしまう無系統魔法。
魔法といっても、事象改変の為の魔法式としての構造を持たないサイオンの砲弾であるため情報強化や
領域干渉には影響されない。また、砲弾自体の持つ圧力がキャスト・ジャミングの影響も撥ね返してしまう。
物理的な作用が皆無である故に、どんな障碍物でも防ぐことは出来ない。

● 地雷原
土、岩、砂、コンクリートなど、材質は問わず、
とにかく「地面」という概念を有する固体に強い振動を与える魔法。

● 地割れ
独立情報体「精霊」を媒体として地面を線上に押し潰し、
一見地面を引き裂いたかのような外観を作り出す魔法。

● ドライ・ブリザード
空気中の二酸化炭素を集め、ドライアイスの粒子を作り出し、
凍結過程で余った熱エネルギーを運動エネルギーに変換してドライアイス粒子を高速で飛ばす魔法。

● 這い寄る雷蛇〔スリザリン・サンダース〕
『ドライ・ブリザード』のドライアイス気化によって水蒸気を凝結させ、気化した二酸化炭素を
溶け込ませた導電性の高い霧を作り出した上で、振動系魔法と放出系魔法で摩擦電気を発生させる。
そして、炭酸ガスが溶け込んだ霧や水滴を導線として敵に電撃を浴びせるコンビネーション魔法。

● ニブルヘイム
振動減速系広域魔法。大容積の空気を冷却し、
それを移動させることで広い範囲を凍結させる。
端的に言えば、超大型の冷凍庫を作り出すようなものである。
発動時に生じる白い霧は空中で凍結した氷や
ドライアイスの粒子だが、レベルを上げると凝結した
液体窒素の霧が混じることもある。

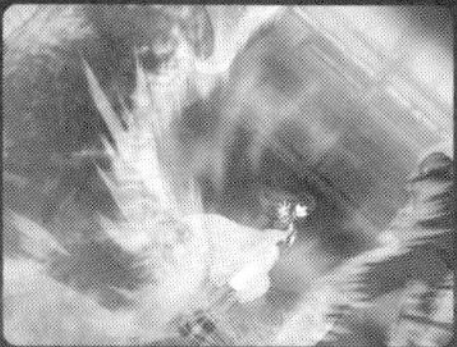

● 爆裂
対象物内部の液体を気化させる発散系魔法。
生物ならば体液が気化して身体が破裂、
内燃機関動力の機械ならば燃料が気化して爆散する。
燃料電池でも結果は同じで、可燃性の燃料を搭載していなくても、
バッテリー液や油圧液や冷却液や潤滑液など、およそ液体を搭載していない機械は存在しないため、
『爆裂』が発動すればほぼあらゆる機械が破壊され停止する。

● 乱れ髪
角度を指定して風向きを変えて行くのではなく、「もつれさせる」という曖昧な結果をもたらす
気流操作により、地面すれすれの気流を起こして相手の足に草を絡みつかせる古式魔法。
ある程度丈の高い草が生えている野原でのみ使用可能。

魔法剣

魔法による戦闘方法には魔法それ自体を武器にする戦い方の他に、
魔法で武器を強化・操作する技法がある。
銃や弓矢などの飛び道具と組み合わせる術式が多数派だが、
日本では剣技と魔法を組み合わせて戦う「剣術」も発達しており、
現代魔法と古式魔法の双方に魔法剣とも言うべき専用の魔法が編み出されている。

1. 高周波(こうしゅうは)ブレード

刀身を高速振動させ、接触物の分子結合力を超えた振動を伝播させることで
固体を局所的に液状化して切断する魔法。刀身の自壊を防止する術式とワンセットで使用される。

2. 圧斬り(へしきり)

刃先に斬撃方向に対して左右垂直方向の斥力を発生させ、
刃が接触した物体を押し開くように割断する魔法。
斥力場の幅は1ミリ未満の小さなものだが光に干渉する程の強度がある為、
正面から見ると刃先が黒い線になる。

3. ドウジ斬り(童子斬り)

源氏の秘剣として伝承されていた古式魔法。二本の刃を遠隔操作し、
手に持つ刀と合わせて三本の刀で相手を取り囲むようにして同時に切りつける魔法剣技。
本来の意味である「同時斬り」を「童子斬り」の名に隠していた。

4. 斬鉄(ざんてつ)

千葉一門の秘剣。刀を鋼と鉄の塊ではなく、「刀」という単一概念の存在として定義し、
魔法式で設定した斬撃線に沿って動かす移動系統魔法。
単一概念存在と定義された「刀」はあたかも単分子結晶の刃の様に、
折れることも曲がることも欠けることもなく、斬撃線に沿ってあらゆる物体を切り裂く。

5. 迅雷斬鉄(じんらいざんてつ)

専用の武装デバイス「雷丸(いかづちまる)」を用いた「斬鉄」の発展形。
刀と剣士を一つの集合概念として定義することで
接敵から斬撃までの一連の動作が一切の狂い無く高速実行される。

6. 山津波(やまつなみ)

全長180センチの長大な専用武器「大蛇丸(おろちまる)」を用いた千葉一門の秘剣。
自分と刀に掛かる慣性を極小化して敵に高速接近し、
インパクトの瞬間、消していた慣性を上乗せして刀身の慣性を増幅し対象物に叩きつける。
この偽りの慣性質量は助走が長ければ長いほど増大し、最大で十トンに及ぶ。

7. 薄羽蜻蛉(うすばかげろう)

カーボンナノチューブを織って作られた厚さ五ナノメートルの極薄シートを
硬化魔法で完全平面に固定して刃とする魔法。
薄羽蜻蛉で作られた刀身はどんな刀剣、どんな剃刀よりも鋭い切れ味を持つが、
刃を動かす為のサポートが術式に含まれていないので、術者は刀の操作技術と腕力を要求される。

魔法技能師開発研究所

西暦2030年代、第三次世界大戦前に緊迫化する国際情勢に対応して日本政府が次々に設立した魔法師開発の為の研究所。その目的は魔法の開発ではなくあくまでも魔法師の開発であり、目的とする魔法に最適な魔法師を生み出す為の遺伝子操作を含めて研究されていた。

魔法技能師開発研究所は第一から第十までの10ヶ所設立され、現在も5ヶ所が稼働中である。

各研究所の詳細は以下のとおり。

魔法技能師開発第一研究所

2031年、金沢市に設立。現在は閉鎖。

テーマは対人戦闘を想定した生体に直接干渉する魔法の開発。気化魔法『爆裂』はその派生形態。ただし人体の動きを操作する魔法はパペット・テロ(操り人形化した人間によるカミカゼテロ)を誘発するものとして禁止されていた。

魔法技能師開発第二研究所

2031年、淡路島に設立。稼働中。

第一研のテーマと対をなす魔法として、無機物に干渉する魔法、特に酸化還元反応に関わる吸収系魔法を開発。

魔法技能師開発第三研究所

2032年、厚木市に設立。稼働中。

単独で様々な状況に対応できる魔法師の開発を目的としてマルチキャストの研究を推進。特に、同時発動、連続発動が可能な魔法数の限界を実験し、多数の魔法を同時発動可能な魔法師を開発。

魔法技能師開発第四研究所

詳細は不明。場所は旧東京都と旧山梨県の県境付近と推定。設立は2033年と推定。現在は封鎖されたこととなっているが、これも実態は不明。旧第四研のみ政府とは別に、国に対し強い影響力を持つスポンサーにより設立され、現在は国から独立しそのスポンサーの支援下で運営されているとの噂がある。またそのスポンサーにより2020年代以前から事実上運営が始まっていたとも噂されている。

精神干渉魔法を利用して、魔法師の無意識領域に存在する魔法という名の異能の源泉、魔法演算領域そのものの強化を目指していたとされている。

魔法技能師開発第五研究所

2035年、四国の宇和島市に設立。稼働中。

物質の形状に干渉する魔法を研究。技術的難度が低い流体制御が主流となるが、固体の形状干渉にも成功している。その成果がUSNAと共同開発した『バハムート』。流動干渉魔法『アビス』と合わせ、二つの戦略級魔法を開発した魔法研究機関として国際的に名を馳せている。

魔法技能師開発第六研究所

2035年、仙台市に設立。稼働中。

魔法による熱量制御を研究。第八研と並び基礎研究機関的な色彩が強く、その反面軍事的な色彩は薄い。ただ第四研を除く魔法技能師開発研究所の中で、最も多くの遺伝子操作実験が行われたと言われている(第四研については実態が不明)。

魔法技能師開発第七研究所

2036年、東京に設立。現在は閉鎖。

対集団戦闘を念頭に置いた魔法を開発。その成果が群体制御魔法。第六研が非軍事的色彩の強いものだった反動で、有事の首都防衛を兼ねた魔法師開発の研究施設として設立された。

魔法技能師開発第八研究所

2037年、北九州市に設立。稼働中。

魔法による重力、電磁力、強い相互作用、弱い相互作用の操作を研究。第六研以上に基礎研究機関的な色彩が強い。ただし、国防軍との結びつきは第六研と異なり強固。これは第八研の研究内容が核兵器の開発と容易に結びつくからであり、国防軍のお墨付きを得て核兵器開発疑惑を免れているという側面がある。

魔法技能師開発第九研究所

2037年、奈良市に設立。現在は閉鎖。

現代魔法と古式魔法の融合、古式魔法のノウハウを現代魔法に取り込むことで、ファジーな術式操作など現代魔法が苦手としている諸課題を解決しようとした。

魔法技能師開発第十研究所

2039年、東京に設立。現在は閉鎖。

第七研と同じく首都防衛の目的を兼ねて、大火力の攻撃に対する防御手段として空間に仮想構築物を生成する領域魔法を研究。その成果が多種多様な対物理障壁魔法。

また第十研は、第四研とは別の手段で魔法能力の引き上げを目指した。具体的には魔法演算領域そのものの強化ではなく、魔法演算領域を一時的にオーバークロックすることで必要に応じ強力な魔法を行使できる魔法師の開発に取り組んだ。ただしその成否は公開されていない。


これら10ヶ所の研究所以外にエレメンツ開発を目的とした研究所が2010年代から2020年代にかけて稼働していたが、現在は全て封鎖されている。

また国防軍には2002年に設立された陸軍総司令部直属の秘密研究機関があり独自に研究を続けている。九島烈は第九研に所属するまでこの研究機関で強化処置を受けていた。

戦略級魔法師

現代魔法は高度な科学技術の中で育まれてきたものである為、
軍事的に強力な魔法の開発が可能な国家は限られている。

その結果、大規模破壊兵器に匹敵する戦略級魔法を開発できたのは一握りの国家だった。

ただ開発した魔法を同盟国に供与することは行われており、
戦略級魔法に高い適性を示した同盟国の魔法師が戦略級魔法師として認められている例もある。

2095年4月段階で、国家により戦略級魔法に適性を認められ対外的に公表された魔法師は13名。

彼らは十三使徒と呼ばれ、世界の軍事バランスの重要ファクターと見なされていた。

2100年時点で、各国公認の戦略級魔法師は以下の通り。

USNA
■アンジー・シリウス：「ヘビィ・メタル・バースト」
■エリオット・ミラー：「リヴァイアサン」
■ローラン・バルト：「リヴァイアサン」
※この中でスターズに所属するのはアンジー・シリウスのみであり、
エリオット・ミラーはアラスカ基地、ローラン・バルトは国外のジブラルタル基地から
基本的に動くことはない。

新ソビエト連邦
■イーゴリ・アンドレイビッチ・ベゾブラゾフ：「トゥマーン・ボンバ」
※2097年に死亡が推定されているが新ソ連はこれを否定している。
■レオニード・コンドラチェンコ：「シムリャー・アールミヤ」
※コンドラチェンコは高齢の為、黒海基地から基本的に動くことはない。

大亜細亜連合
■劉麗蕾（りうりーれい）：「霹靂塔」
※劉雲徳は2095年10月31日の対日戦闘で戦死している。

インド・ペルシア連邦
■バラット・チャンドラ・カーン：「アグニ・ダウンバースト」

日本
■五輪 澪（いつわみお）：「深淵（アビス）」
■一条将輝：「海爆（オーシャン・ブラスト）」
※2097年に政府により戦略級魔法師と認定。

ブラジル
■ミゲル・ディアス：「シンクロライナー・フュージョン」
※魔法式はUSNAより供与されたもの。2097年以降、消息を絶っているが、ブラジルはこれを否定。

イギリス
■ウィリアム・マクロード：「オゾンサークル」

ドイツ
■カーラ・シュミット：「オゾンサークル」
※オゾンサークルはオゾンホール対策として分裂前のEUで共同研究された魔法を原型としており、
イギリスで完成した魔法式が協定により旧EU諸国に公開された。

トルコ
■アリ・シャーヒーン：「バハムート」
※魔法式はUSNAと日本の共同で開発されたものであり、日本主導で供与された。

タイ
■ソム・チャイ・ブンナーク：「アグニ・ダウンバースト」
※魔法式はインド・ペルシアより供与されたもの。

スターズとは

USNA軍統合参謀本部直属の魔法師部隊。十二の部隊があり、
隊員は星の明るさに応じて階級分けされている。
部隊の隊長はそれぞれ一等星の名前を与えられている。

●スターズの組織体系

- 国防総省参謀本部
  - スターズ基地司令
    - スターズ総隊長
      - 第一隊
      - 第二隊
      - 第三隊
      - 第四隊
      - 第五隊
      - 第六隊
      - 第七隊
      - 第八隊
      - 第九隊
      - 第十隊
      - 第十一隊
      - 第十二隊
    - プラネットスタッフ
  - スターダスト

1. 各隊に上下関係はない。
2. 指揮権は総隊長に集約されているが、実際には基地司令が命令を下すケースも多い。
3. 各隊隊長の下に、恒星級、星座級、惑星級、衛星級の隊員が配属されている。総隊長直属の部下はいない。
4. プラネットスタッフは惑星級隊員で構成される支援部隊。恒星級隊員を使わずにプラネットスタッフのみを出動させることもある。シルヴィアはプラネットスタッフ所属。
5. スターダストは所属基地が違う。

総隊長アンジー・シリウスの暗殺を企てた隊員たち

• アレクサンダー・アークトゥルス
第三隊隊長 大尉 北アメリカ大陸先住民のシャーマンの血を色濃く受け継いでいる。
レグルスと共に叛乱の首謀者とされる。

• ジェイコブ・レグルス
第三隊 一等星級隊員 中尉 ライフルに似た武装デバイスで放つ
高エネルギー赤外線レーザー弾『レーザースナイピング』を得意とする。

• シャルロット・ベガ
第四隊隊長 大尉 リーナより十歳以上年上であるが、階級で劣っていることに不満を懐いている。
リーナとは折り合いが悪い。

• ゾーイ・スピカ
第四隊 一等星級隊員 中尉 東洋系の血を引く女性。『分子ディバイダー』の
変形版ともいえる細く尖った力場を投擲する『分子ディバイダー・ジャベリン』の使い手。

• レイラ・デネブ
第四隊 一等星級隊員 少尉 北欧系の長身でグラマラスな女性。
ナイフと拳銃のコンビネーション攻撃を得意とする。

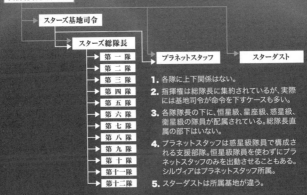

メイジアン・カンパニー

魔法資質保有者（メイジアン）の人権自衛を目的とする国際互助組織であるメイジアン・ソサエティの目的を実現するための具体的な活動を行う一般社団法人。２１００年４月２６日に設立。本拠地は日本の町田にあり、理事長を司波深雪、専務理事を司波達也が務める。

国際組織として、魔法協会が既設されているが、魔法協会は実用的なレベルの魔法師の保護が主目的になっているのに対し、メイジアン・カンパニーは軍事的に有用であるか否かに拘わらず魔法資質を持つ人間が、社会で活躍できる道を拓く為の非営利法人である。具体的にはメイジアンとしての実践的な知識が学べる魔法師の非軍事的職業訓練事業、学んだことを実際に使う職を紹介する非軍事的職業紹介事業を展開を予定。

FEHR －フェール－

『Fighters for the Evolution of Human Race』（人類の進化を守る為に戦う者たち）の頭文字を取った名称の政治結社。2095年12月、『人間主義者』の過激化に対抗して設立された。本部をバンクーバーに置き、代表者のレナ・フェールは『聖女』の異名を持つカリスマ的存在。結社の目的はメイジアン・ソサエティと同様に反魔法主義・魔法師排斥運動から魔法師を保護すること。

リアクティブ・アーマー

旧第十研から追放された数字落ち『十神』の魔法。個体装甲魔法で、破られると同時に『その原因となった攻撃と同種の力』に対する抵抗力が付与されて再構築される。

FAIR －フェア－

表向きはFEHRと同じく、USNAで活動する反魔法主義者から同胞を守るための団体。

しかし、その実態は魔法を使えない人間を見下し、自分たちの権利のためには暴力を厭わない、魔法至上主義の過激派集団。

秘匿されている正式名称は『Fighters Against Inferior Race』。

進人類戦線

もともとFEHRのリーダーであるレナ・フェールに感銘を受けた日本人が作った反魔法主義から魔法師を守ることを目的としている団体。

暴力に訴えることを否定したFEHRに反して、政治や法が魔法師迫害を止めてくれないのであれば、ある程度の違法行為は必要と考え行動している。

結成時のリーダーが決行した示威行為が原因で、一度解散へと追い込まれたが、非合法化組織として再結集した。

新人類でなく進人類なのは、「魔法師は単に新世代の人類なのではなく、進化した人類である」という自意識を反映したものである。

レリック

魔法的な性質を持つオーパーツの総称。それぞれ固有の性質を持ち、長らく現代技術でも再現が困難であるされていた。世界各地で出土しており、魔法の発動を阻害する『アンティナイト』や魔法式保存の性質を持つ『瓊勾玉』などその種類は多数存在する。

『瓊勾玉』の解析を通し、魔法式保存の性質を持つレリックの複製は成功。人造レリック『マジストア』は恒星炉を動かすシステムの中核をなしている。

人造レリック作成に成功した現在でも、レリックについては未だに解明されていないことが多く存在し、国防軍や国立魔法大学を中心に研究が進められている。

The International Situation

2100年現在の世界情勢

世界の寒冷化を直接の契機とする第三次世界大戦、二〇年世界群発戦争により世界の地図は大きく塗り替えられた。現在の状況は以下のとおり。

USAはカナダ及びメキシコからパナマまでの諸国を併合してきたアメリカ大陸合衆国（USNA）を形成。

ロシアはウクライナ、ベラルーシを再吸収して新ソビエト連邦（新ソ連）を形成。

中国はビルマ北部、ベトナム北部、ラオス北部、朝鮮半島を征服して大亜細亜連合（大亜連合）を形成。

インドとイランは中央アジア諸国（トルクメニスタン、ウズベキスタン、タジキスタン、アフガニスタン）及び南アジア諸国（パキスタン、ネパール、ブータン、バングラデシュ、スリランカ）を呑み込んでインド・ペルシア連邦を形成。

個人が国家に対抗するという偉業を司波達也が成し遂げたため 2100 年に IPU とイギリスの商人の下、スリランカは独立。独立とともに魔法師国際互助組織メイジアン・ソサエティの本部が創設されている。

他のアジア・アラブ諸国は地域ごとに軍事同盟を締結し新ソ連、大亜連合、インド・ペルシアの三大国に対抗。

オーストラリアは事実上の鎖国を選択。

EUは統合に失敗し、ドイツとフランスを境に東西分裂。東西EUも統合国家の形成に至らず、結合は戦前よりむしろ弱体化している。

アフリカは諸国の半分が国家ごと消滅し、生き残った国家も辛うじて都市周辺の支配権を維持している状態となっている。

南アメリカはブラジルを除き地方政府レベルの小国分立状態に陥っている。

【1】遺跡の所在

サンフランシスコ、二一〇〇年七月十九日。

現地の警察は魔法師選民思想過激派組織ＦＡＩＲ《フェア》の強制捜査に着手した。

ＦＡＩＲ《フェア》の本拠地に乗り込んだ警察は抵抗する大勢のメンバーを逮捕し、非合法に収集したと見られる物品を多数押収《おうしゅう》。リーダーのロッキー・ディーンとサブリーダーのローラ・シモンは取り逃がしたが、警察は組織犯罪の立証に十分と思われる質と量の証拠を手に入れる。サンフランシスコ司法当局は、ディーンとローラの二人に対する逮捕状を発行した。

警察の関心は二人の被疑者確保へ移った。押収《おうしゅう》した証拠品は入手経緯が不法と確認された時点で、保管しておけば良いだけの物となった。

七月二十日にＤＩＡ（アメリカ国防情報局）から求められた「白い石板」の貸し出しを拒否する理由は、警察にも検察にも裁判所にも無かった。

国防総省に所属する情報機関ＤＩＡは、軍事情報を専門的に取り扱う機関とされている。そのＤＩＡが考古学的な価値も不明な発掘物に何故《なぜ》関心を寄せるのか。それはこの出土品が、魔法的な遺物である可能性が高いと判断されたからだ。

現代社会において、魔法は軍事力に直結する。現代の魔法は最初から軍事的なツールとして開発されてきたものだが、二〇九五年から二〇九七年にかけて発生した複数の国際紛争によって、魔法の軍事的有益性がますます顕著になった。

また魔法的遺物の複製品である人造レリックが、新たなエネルギー源として注目されている恒星炉――常駐型重力制御魔法式熱核融合炉――のコア技術に用いられたことで、魔法と、魔法的遺物の価値はさらに高まった。直接的な軍事力としてだけでなく、それを支える社会基盤技術の構成要素として無視し得ぬものと認識されている。

そんな状況下で、魔法師至上主義を掲げる潜在的テロ集団がコソコソと盗掘した出土品を、軍事部門の情報機関が気にしないはずはなかった。市警が証拠品として保管している「白い石板」をDIAが詳しく調べようとするのは当然と言える。

魔法的遺物の可能性を疑われる出土品の調査だ。DIAも魔法のノウハウは持っている。だが精確な分析を期す為《ため》に、DIAはUSNA軍統合参謀本部直属、合衆国最強・最高の魔法師部隊、スターズに協力を求めた。

サンフランシスコ市警が押収《おうしゅう》した十五枚とその前にFEHR《フェール》から証拠品として提出されていた一枚、合計十六枚の石板は一時的にスターズへ引き渡された。

◇◇◇

七月二十一日午後、巳焼島《みやきしま》。達也《たつや》は昨晩に引き続き、光宣《みのる》と会っていた。場所は達也《たつや》が巳焼《みやき》島《しま》で自宅として使っている部屋だ。

話題も昨夜と同じ。USNAカリフォルニア州北部のシャスタ山から出土した白い石板には、伝説の都『シャンバラ』の所在を示していると推測される地図が隠されていた。

魔法が現実の技術となった現代の視点で解釈すれば、シャンバラは高度な魔法文明が栄えていた都市と考えられる。ただ、現に繁栄を謳歌《おうか》している都市が伝説としてしか知られていないというのは、世界がここまで狭くなった現代においては考えにくい。シャンバラが実在したとしても、おそらくは遺跡しか残っていない。

伝説は、虚構かもしれない。むしろ、そう考えている者が大多数だろう。それでも、魔法に関わる者として、魔法研究者として未知の魔法文明遺跡は、無視できるものではなかった。遺跡の手掛かりが見つかった以上、探さないという選択肢は無い。この、シャンバラの遺跡探索に関して話し合う為《ため》に、達也《たつや》が光宣《みのる》を招いたのだった。

リビングのソファセットではなくダイニングテーブルを挟んで向かい合う二人。その彼らにガラスのティーカップを差し出したのは、昔と同じ黒のワンピースに白いエプロンを着けた水《み》波《なみ》だ。彼女は光宣《みのる》と一緒に、約一時間前に衛星軌道から降りてきたのだった。

なお水波《みなみ》のワンピースは季節を反映して半袖で、スカートの丈もやや短い。またカップの中身はアイスコーヒーだ。水波《みなみ》が魔法で浸透圧を操作して抽出時間を短縮した水出しコーヒーを、やはり彼女が魔法で冷却したものだった。

「……達也《たつや》さんは『シャンバラ』の遺跡があるのはウズベキスタンだとお考えなんですね？」

光宣《みのる》の問い掛けに達也《たつや》は「そうだ」と頷《うなず》く。

「では『シーター河』は『タリム川』でも『シルダリヤ川』でもなく『アムダリヤ川』だと？」

光宣《みのる》が達也《たつや》に、重ねて訊《たず》ねた。

チベット仏教の聖典『カーラチャクラ・タントラ』によれば、伝説の理想郷『シャンバラ』は「カイラス山麓マナサロワール湖を源とするシーター河の北岸」にあるという。では、この『シーター河』は現実の、どの河川に該当するのか。

これに関して、支持者が多い候補は三つ。一つはウイグルを流れる『タリム川』。一つはキルギス、タジキスタン、ウズベキスタン、カザフスタンを流れる『シルダリヤ川』。もう一つはアフガニスタン、トルクメニスタン、ウズベキスタンの国境（インド・ペルシア連邦《IPU》はその名のとおり連邦制国家で、旧来の国家は連邦の構成国となっている）を流れるアムダリヤ川だ。

この内、「河の北岸」にウズベキスタンが位置する河川は『アムダリヤ川』となる。

達也《たつや》は首を左右に振りながら「それは分からん」と答えた。

「ただ、カリフォルニアと東京で『コンパスの小石板』が動いた方向を延長していくとウズベキスタンの辺りで交わる。小石板の動きはわずか一、二センチだったから、それ以上詳しくは分からないし、これが『コンパス』で間違いなければ、だが」

そして、こう付け加えながら、テーブルに置いた正八角形の小さな石板を指差した。「石板」と言っても厚みが最大幅の四分の一程もある。「板」ではなく「平らな平たい石」と表現する方が適切かもしれないが、達也《たつや》たちの間では『コンパスの小石板』または単に『コンパス』で名称が固定されていた。

石板が出土したシャスタ山の洞窟で、石板とは別に達也《たつや》が発掘してきた『コンパスの小石板』は掌《てのひら》に載せて特殊な想子《サイオン》を注《そそ》ぎ込むことで、特定の方向へわずかに動く。それは羅針盤のように特定の方位ではなく、特定の地点に向かって動いているように思われた。

シャンバラの地図と推定される白い石板と同じ場所から出土したことを考え合わせて、達也《たつや》たちはその「特定の地点」こそがシャンバラの所在地だと考えていた。

「なる程。確かに、伝説にばかり拘《こだわ》っていては正解にたどり着けなくなるかもしれないですね。不明な点が多い伝説よりも、今ここにある手掛かりを重視すべきなのかもしれません」

自らの問い掛けに対する達也《たつや》の回答に、光宣《みのる》は大きく頷《うなず》いた。

光宣《みのる》は本気で感心しているのだが、達也《たつや》はそれを単なる相槌《あいづち》と受け取ったようだ。

「いや、材料が足りないだけだ」

達也《たつや》はただ、素っ気なくこう付け加えた。

達也《たつや》らしい愛想《あいそ》の無さに、光宣《みのる》が微《かす》かな苦笑いを浮かべる。

達也《たつや》がティーカップを口元に運んだのを見て、光宣《みのる》もカップに手を伸ばした。

「あの、達也様《たつや》」

達也《たつや》と光宣《みのる》の口が同時に塞がったタイミングで、それまで光宣《みのる》の隣に座って静かにしていた水波《みなみ》が口を開く。

「もっと多くの観測地点で『コンパス』を使えば、候補地を絞り込めるのではないでしょうか」

「――そのとおりだな」

カップをゆっくりとテーブルの上に置いた達也《たつや》が、水波《みなみ》の意見をあっさり認めた。

水波《みなみ》が頬を赤らめる。達也《たつや》の淡白な口調が、彼女には「分かり切ったことを」と呆《あき》れられているように聞こえたのだった。――無論これは、水波《みなみ》の考えすぎだ。

「僕が何ヶ所か、中央アジアに降下して観測しましょうか？」

光宣《みのる》は達也《たつや》が水波《みなみ》を馬鹿にしたとは受け取らなかったが、早口でこのように提案したのはやはり、水波《みなみ》のフォローに間違いなかった。

「そうか。では、頼む」

これもあっさりした口調で達也《たつや》は答えた。そしてテーブルの上で『コンパスの小石板』を光《み》宣《のる》の方へ押しやった。

小石板の表面はガラスのように滑らかだ。透明感のある黒色は黒曜石を磨き上げたのか、(ガラス質の)釉薬《うわぐすり》を塗って仕上げたかのようだ。正八角形の小さな石板は、達也《たつや》が手を離してもテーブルクロスの上をスムーズに滑って移動し、光宣《みのる》の手許《てもと》で止まった。

「お預かりします」

手許《てもと》に来た『コンパス』を光宣《みのる》が取り上げてシャツの胸ポケットにしまう。パラサイトである光宣《みのる》にもこの魔法的遺物は使える。これは既に、実験済みだった。

また、達也《たつや》がこの貴重な遺物を躊躇《ためら》いなく自分に預けたことに対して、光宣《みのる》は戸惑いを覚えなかった。その程度の信頼関係はお互いにとって既に、疑う必要の無いものだった。

ティーカップが空になっていたのに気付いた水波《みなみ》が、慌てて立ち上がった。

◇◇◇

スターズ本部に併設された研究所では、サンフランシスコ市警から貸し出された白い石板を巡って実験が繰り返され、活発な議論が繰り返されていた。

その中心となっているのは二十二歳の若い女性だった。名はイヴリン・テイラー。十七歳で名門の工科大学を卒業し連邦軍に技術士官として採用された才媛だ。

彼女は大学卒業後、一年のブランクを経て空軍士官学校に入学を申請し、その審査の途中で技術士官としてスカウトされたという変わり種だ。さらに仕官直後の検査で戦闘魔法師として高い適性を有していたことが判明し、いったんスターズ附属研究所の所員として配属されると同時に、スターズ隊員としての訓練も受けたという異色の経歴を持っている。

スターズの総司令官となったカノープスは達也《たつや》という実例を見て、魔法工学に精通した実戦魔法師をスターズの部下に欲《ほっ》した。後方のスタッフだけでなく、前線にも魔法と技術に高度な学識を持つ将校が必要であるとの確信を持った。

イヴリンは、カノープスがまさに求めていた人材だった。カノープスの目に留まった彼女は、スターズ候補生『スターライト』を経ることなく、いきなりスターズ恒星級隊員候補として教育されることになった。これが二年前のことである。

そして現在、彼女はスターズ主任研究員であるアビゲイル・ステューアットの助手であると同時にスターズ一等星級隊員『ベガ』の最有力候補にもなっている。

最初「白い石板」の分析には、ステューアットが手を挙げた。しかし彼女は、西海岸で多くの人々を苦しめ危うく社会不安を引き起こすところだった、先史文明の魔法［バベル］の分析で手一杯の状態だった。そこで、彼女の助手であり高度な魔法工学知識だけでなく高レベルの魔法技能を有しているイヴリンに、白羽の矢が立てられた。

イヴリンをリーダーとする分析チームは、「白い石板」に「無彩色の想子《サイオン》」を注ぐと地図らしき模様が浮かび上がるということを、すぐに突き止めた。

「イヴリン、文字の解読が終わったよ」

分析チームの男性研究員の報告に、イヴリンは「ありがとうございます」と愛想《あいそ》よく返事をした。

彼女はチームリーダーだが、同時にチームの最年少。実力主義を掲げる組織といえども、自分が嫉妬される立場であることを理解していた。そして他人の神経を逆撫《さかな》でしても、自分の利益にはならないということも。感情的な摩擦でチームのパフォーマンスが低下するのに比べれば、自分が多少侮《あなど》られるくらい何の痛手にもならないということも。

その裏には、自分がカノープスとステューアットに可愛がられている、という認識があった。だから部下に手柄を横取りされる心配をせずに、自己主張を抑えられた。

この運営方針は、ここまで上手《うま》く行っていた。

「石板に書かれていたのは古いインド系の文字だった」

この男性研究員の専門は魔法工学ではない。魔法師の因子もほとんど有していない。彼はAIの専門家だった。それもAIを作る技術者ではなく、AIを利用するエキスパートだ。魔法が専門ではないから「白い石板」の魔法的なギミックに興味を示さなかった。魔法的な手段によって手掛かりが追加されることを期待せずに、手に入った情報の分析に専念した。

「この『地図』はどうやら、シャンバラの位置を示しているようだ」

「シャンバラ？　前世紀のドイツを一時期支配していた独裁者が強い執着を見せたという、チベット仏教の理想郷ですか？」

「ドイツの独裁者だけではなく、旧ソ連の独裁者も相当の興味を示していたそうだ」

「とにかく、そのシャンバラなのですね？」

イヴリンの問い掛けに研究員は頷《うなず》きを返した。

「地図が示している場所はインド・ペルシア連邦のウズベキスタン中部、サマルカンドからブハラに掛けての地域。残念ながらそれ以上の特定はできなかった」

そして彼は最新のスーパーコンピューターを使用することで、『コンパス』の助けを借りずに場所を絞り込んでみせた。

◇　◇　◇

高度約六千四百キロメートルを周回する衛星軌道居住施設《オービタル・レジデンス》『高千穂《たかちほ》』。元々は撃沈した新ソ連の大型潜水艦で、それを居住用の人工衛星に改造した物だ。

「光宣《みのる》様、お疲れ様です」

そのエアロックで水波《みなみ》が、地上から戻った光宣《みのる》を出迎え労《ねぎら》った。

「うん、ただいま」

「如何《いかが》でしたか？」

水波《みなみ》の問い掛けに光宣《みのる》は「大体分かったと思う」と答えた。

そして潜水艦だった当時の発令所を改造した情報センターに移動した。

立ったままコンソールを操作し、ディスプレイに中央アジアの地図を呼び出す。

光宣《みのる》はペン型デバイスでスクリーン上に二本の直線を引いた。線の起点は、一つがトルクメニスタンのカスピ海南東岸、もう一つはカザフスタンの北アラル海北岸。光宣《みのる》が『コンパスの小石板』が指し示している場所を調べる為《ため》に降下した地点だった。

「コンパスが指しているのは、多分ここだ」

光宣《みのる》が二本の線の延長線が交わる場所を拡大表示する。

「ウズベキスタンのブハラ。シャンバラの位置について、カーラチャクラ・タントラの研究者たちが立てた仮説にも合致する」

カーラチャクラ・タントラはチベット仏教の聖典で、シャンバラ伝説について現代に伝えている代表的な文献の一つ。ある意味でシャンバラ伝説の原典とも言える。

「では早速達也《たつや》様に？」

『コンパス』を使った調査は達也《たつや》から依頼されたものだ。水波《みなみ》が「達也《たつや》に報告するのか」と訊《たず》ねたのは当然のことだった。

「いや。もう一ヶ所、確かめてみたい」

だが光宣《みのる》の答えは「否」だった。

「実際に使ってみて分かったんだけど、『コンパスの小石板』は目的地に近いほど敏感に反応する性質があるみたいなんだ。巳焼島《みやきしま》で使った時より、今回の二地点で使った時の方が手応えがしっかりしていた」

「大きく動くだけではないのですね」

「うん。だったら本来の目的地でなくても、シャンバラの遺物が埋まっているところで使えば『コンパス』は反応するんじゃないかと思って」

光宣《みのる》のセリフに、水波《みなみ》が驚きを露《あら》わにする。

「遺物の埋蔵場所にお心当たりがあるのですか？」

「ラサのポタラ宮殿にはシャンバラに通じる地下通路があるという伝説があるんだ。調べてみる価値はあると思う」

「チベットのラサですか⁉　光宣《みのる》様、それは危険ではないでしょうか」

水波《みなみ》は丁寧な言葉遣いながら、かなり強い口調で懸念《けねん》を示した。

彼女の心配には十分な理由がある。チベットは現在、形式的には独立国家だが実質的には大《だい》亜《あ》連合《れんごう》の属国となっている。大亜《だいあ》連合《れんごう》の意向により、現在のチベット政府は日本人の入国を認めていない。

今の光宣《みのる》は、日本人ではない。三年前の夏、「九島光宣《くどうみのる》」は死んだことになっている。しかし彼が地上で活動する為《ため》に使っている偽造パスポートは日本の物だ。現地の官憲は光宣《みのる》を不法入国で拘束しようとするに違いない。それはパスポートを敢《あ》えて持ち歩かなくても同じだ。

しかしチベットの司法当局が相手ならば、光宣《みのる》には大した障碍《しょうがい》にならないだろう。問題はチベットに我が物顔で駐留している大亜連合《だいあれんごう》の軍人だった。

チベットはIPUと国境を接している。IPUとしてはチベットを大亜連合《だいあれんごう》から切り離したいし、大亜連合《だいあれんごう》はチベットにIPUの影響が及ぶのを阻止したい。その結果チベットは、両国の工作機関が暗闘を繰り広げる舞台となっていた。

おそらくチベットには、大亜連合軍《だいあれんごう》 課報《ちょうほう》・工作部隊の中でもエースクラスの精鋭が送り込まれている。光宣《みのる》といえども、容易《たやす》く相手取れないような者たちが。それを考えれば、チベット潜入を楽観的には考えられなかった。

「甘く見ているわけじゃないよ。戦いに行くわけじゃないし、重要施設に手を出すつもりもない。たとえ何も成果が得られなくても、四時間で戻ってくるつもりだ」

四時間というのは、高千穂《たかちほ》が衛星軌道を一周するのに掛かる時間だ。ただし、地球は自転しているので相対的には一周四・八時間。地上との往復に適した時間はその内の一時間、難易度を無視すれば二時間。つまり光宣《みのる》は、降りてすぐに戻ってくるのではなく少なくとも二時間、危機に陥っても高千穂《たかちほ》に戻ってこられない時間をチベットで過ごすつもりでいることになる。

心配そうな表情で水波《みなみ》が光宣《みのる》を見詰める。

「大丈夫。無理はしないよ」

だが光宣《みのる》の柔らかな笑みの中に固い決意が秘められているのを見て、水波《みなみ》は制止の言葉を口にできなかった。

◇◇◇

ポタラ宮殿が建てられたのは十七世紀、ヨーロッパが三十年戦争で荒廃していた頃のことだ。一つの丘を覆うように建てられており、単体の建築面積では世界最大級の規模を持つ。その雄大な佇《たたず》まいを見上げて、光宣《みのる》は感嘆のため息を漏らした。

彼は今、平凡な観光客の姿をしている。容姿は見た目に気を遣《つか》っている普通の若者。服装は香港《ホンコン》や上海《シャンハイ》で流行《はや》っているファッション。情報体《エイドス》偽装魔法［仮装行列《パレード》］で大亜連合《だいあれんごう》からの観光客に成り済ましているのだった。

間近で見るポタラ宮殿に目を奪われても、光宣《みのる》は目的を忘れてはいなかった。

（『コンパス』は反応無しか……）

人目を警戒しながら、使った『コンパス』をポケットに戻す。そしてポタラ宮殿の基部へ視線を移動させた。正確に言えば宮殿が建っている『マルポリの丘』の中へ、「眼《め》」を向けた。

(地下室か、土の中か。何かがあるのは間違いないんだけど……)

『コンパスの小石板』は反応しなかったが、光宣《みのる》の感覚は宮殿の「下」に魔法的な力を秘めた物体、おそらくは大量の聖遺物《レリック》が存在するのを感じ取っていた。

(……無理だな。止《や》めておこう)

食指が動いたのは否《いな》めない。だがリスクが大きすぎる。

仮に宮殿に秘匿された地下施設がありそこに聖遺物《レリック》が保管されているのだとしても、騒ぎを起こさずにそこまで侵入するのは極めて難しい。光宣《みのる》の力を以《もっ》てしても困難だろう。地下施設に保管されているのではなく地下に埋まっているのだとしたら、条件は余計に厳しい。

どちらにしても、大亜連合《だいあれんごう》と本格的に事を構える覚悟が必要になる。光宣《みのる》には聖遺物《レリック》に対して、そこまでする程の執着は無かった。

(――何だ？　魔法？)

不意に光宣《みのる》は、魔法による干渉を受けようとしているのを察知した。

(これは……　[傀儡の法《マリオネット》]？)

[仮装行列《パレード》]で本体の上に着込んだ――本来の肉体の情報体を覆い隠す形で展開した、偽りの情報体に、外部から肉体の制御を奪い取る魔法が放たれている。

光宣《みのる》が周公瑾《しゅうこうきん》の残留思念と共に吸収した知識は、それが東亜大陸の古式魔法「道術」を基にした他者身体操作術式だと彼に教えていた。

(何処《どこ》からだ？　何故《なぜ》目を付けられた？)

光宣《みのる》の意識を、焦《あせ》りが支配しようとする。

(まずは姿を隠さなければ)

焦《あせ》りを意志の力で抑え込んで、光宣《みのる》は逃走を選択した。

光宣《みのる》は宮殿に背を向け、観光客向けに開発・整備された商店街へ足早に向かった。今のところ光宣《みのる》を追う監視の目はわずか一人分。おそらく、官憲や一般の兵士に光宣《みのる》のことは伝えられていない。高レベルの魔法師による追跡だ。

光宣《みのる》は走り出したくなる気持ちを抑えて、人が多い方へと向かう。[仮装行列《パレード》]は変装を維持する為《ため》の最低限に留《とど》め、[鬼門遁甲《きもんとんこう》]の使用も控えた。彼は、自分が目を付けられた原因は魔法の行使を感知されたからだと考えていた。

外見を怪しまれた可能性は無い。もし[仮装行列《パレード》]による変装が不完全だったのなら大亜連《だいあれん》合《ごう》の息が掛かっているチベット政府の警察や、我が物顔で歩き回っている大亜連合《だいあれんごう》の兵士から訊問《じんもん》を受けていたはずだ。

[仮装行列《パレード》]の使用に関しては、魔法を使っていることが他者に気付かれないよう十分な注意を払っていた。現に日本でもＵＳＮＡでも[仮装行列《パレード》]を使っていることを気付かれた相手は、霊子《プシオン》パターンを見分ける極めて稀《まれ》な視覚系異能者を除けば、達也《たつや》だけだった。

今、光宣《みのる》を追ってきている相手は達也《たつや》に匹敵する知覚力を持っているのか、あるいは……、

(……『コンパス』の利用を感知されたか?)

光宣《みのる》はこちらの可能性の方が高いと考えた。『コンパス』の作動原理は分かっていない。ただ使い方が判明しているだけだ。起動する為《ため》に注入する想子《サイオン》以外に、達也《たつや》も光宣《みのる》も気付いていない何か特殊な信号を発している可能性は否定できなかった。

光宣《みのる》が観光客の人混みに紛れ込んだすぐ後に、追跡者の視線が二人分に増える。ほぼ同時に魔法発動の気配が生じた。そしてその直後、笛の音が光宣《みのる》の耳に届いた。

光宣《みのる》を目眩《めまい》が襲う。彼は足を踏ん張ると共に、揺らぎ掛けた［仮装行列《パレード》］を制御し直した。

目眩《めまい》に襲われたのは光宣《みのる》だけではなかった。彼が目くらましに使った大勢の観光客と、彼らを相手に商売をしていた店員が一斉に蹲《うずくま》っている。気を失い路上に倒れた者も少なくなかった。

(音波兵器? いや……)

光宣《みのる》は一瞬脳裏を過《よぎ》った科学技術兵器の可能性を否定する。彼が聞いた「音」は、物理的な現象ではなかった。想子《サイオン》の振動。魔法的な「音」だった。

(想子《サイオン》波を「聞かせる」ことで不特定多数の人間に干渉する魔法か)

魔法は特定の対象を定めて、その事象に干渉する。それが現代魔法理論の常識だ。だが不特定多数を対象とする魔法が無いわけではない。例えば［仮装行列《パレード》］がそうだし［鬼門遁甲《きもんとんこう》］もそうだ。どちらの魔法も会得《えとく》している光宣《みのる》は「魔法は対象を特定する必要がある」という常識、

には縛られていなかった。

ところで［仮装行列《パレード》］と［鬼門遁甲《きもんとんこう》］には共通点がある。どちらも本質的には古式魔法であるという点だ。［仮装行列《パレード》］は［纏衣《まとい》の逃げ水］という名の古式魔法・忍術に現代魔法のノウハウを取り入れて改造したものだし、［鬼門遁甲《きもんとんこう》］は改良した古式魔法・道術そのものだ。

（そういえば最初に仕掛けてきた［傀儡の法《マリオネット》］も道術が基になっている魔法だ）

（敵は道士か？）

東亜大陸系古式魔法・道術を修めた術者を「道士」と呼ぶ。歴史的な経緯から、大亜連合《だいあれんごう》軍には道士の戦闘魔法師が多い。

（やはり敵は大亜連合《だいあれんごう》の魔法師）

（今の攻撃からも分かる。敵は一般人を巻き込むことに躊躇《ためら》いを持たない）

民間人を巻き込むのは光宣《みのる》としても本意ではない。

それに現在、観光客向け商店街で立っているのは光宣《みのる》のみ。彼の姿を隠す群衆のカーテンは存在しない。

光宣《みのる》が纏《まと》う幻影から表情が消える。幻影の目、鼻、口を素顔に追随させるリソースを節約して魔法戦闘に備えているのだ。

その光宣《みのる》の背後で笛の音が奏《かな》でられた。今度は本物の音だ。想子《サイオン》波ではなく、空気の振動。

光宣《みのる》が振り返る。そこには横笛を吹いている小柄な人影があった。

（子供……？）

日本人で言えば小学校高学年男子児童程の身長。だが手足、頭部のバランスは大人のものだ。容貌もサイズを別にすれば三十前後の男の顔。服装を含めて、成人男性をそのまま縮小したような外見だった。

だからといって油断はできない。幾ら魔法に抵抗力が無い民間人とはいえ、見渡した限りで一度に百人近くの人間が行動不能に陥っているのはこの男の笛——笛の音として認識される想《サイ》子《オン》波——が原因に違いないのだから。

現に今この瞬間も、物理的な音色に被《かぶ》せて奏《かな》でられる想子《サイオン》の音楽が光宣《みのる》を揺さぶっている。この「音色」はおそらく、脳の機能を阻害する魔法だ。目眩《めまい》で立っていられなくなるのも魔法を維持しにくくなる——正確に言えば発動中の魔法を更新しにくくなる——のも、脳機能に干渉を受けているからだろう。

厄介なのは、この［魔笛］とでも呼ぶべき魔法が音楽の形態を取っている点だ。対象を特定して放たれるのではなく、継続的に放出される想子《サイオン》波が聞こえる領域内で無差別に作用する魔法。その領域内に留まる限り、［仮装行列《パレード》］を使っても逃れることはできない。

（［疑似瞬間移動］で一旦距離を取った方が良《い》いか？）

［魔笛］の魔法阻害効果はキャスト・ジャミングと同程度。魔法を発動できなくなる程の強度は無いが、敵の魔法の影響下に留まり続ける理由も無い。人混みに紛れることが不可能になり、

また自分の魔法技能を隠し続ける意味も無くなっている。最早《もはや》、魔法の使用を躊躇《ためら》う理由は無かった。

光宣《みのる》は即座に［疑似瞬間移動］を発動した。ただ、高千穂《たかちほ》に戻るのは避けた。精神を集中する為《ため》の十分な時間を確保せずに衛星軌道へ跳《と》ぶ選択をするほど追い詰められた状況ではなかったし、高千穂《たかちほ》の存在を覚《さと》られる危険は万に一つも冒せなかった。

光宣《みのる》の姿が消え、次の瞬間に商店街の端の、屋根の上に出現する。そこが笛の音に乗せた魔法の効果範囲外であることは跳《と》ぶ前に『眼《め》』で確認済みだ。

彼は振り返って反撃を繰り出そうとした。

しかし光宣《みのる》は編み上げようとしていた魔法を急遽《きゅうきょ》、防御用のものに切り替えなくてはならなかった。

不可視の刃が光宣《みのる》を襲う。現代魔法で良く使われる薄く圧縮した空気の塊ではなく「鎌鼬《かまいたち》」と呼ばれる真空の斬撃だ。しかし一気圧程度の気圧変化で――海抜ゼロメートルの大気圧は一、真空の大気圧はゼロ――切断される程、人の皮膚は弱くない。脅威となるのは真空という自然現象そのものではなく、そこに込められた「斬り裂く」という意思だ。

（斬撃と言うより呪詛《じゅそ》に近いな……。これも道術か？）

周公瑾《しゅうこうきん》の知識には［窮奇《きゅうき》］という名の古式魔法があった。風に呪詛《じゅそ》を乗せて放つ古式魔法で、敵に「怪我《けが》をした」「病を得た」という認識を刷り込む。その思い込みによって、敵が自らの肉体を損なう精神干渉系魔法の一種だ。この魔法に［窮奇《きゆうき》］という名称が付けられているのは、日本で鎌鼬《かまいたち》が窮奇《きゆうき》と同一視されていたのを、十九世紀に逆輸入したものと言われている。

正体がただの思い込みであっても、無視はできない。次々と襲来する真空の斬撃、そこに乗せられた呪詛《じゆそ》を跳ね返しながら、光宣《みのる》は敵の所在を探った。

魔法の感触からして、笛の小男ではない。もう一人の追跡者だ。

(何処《どこ》だ……？)

(——っ⁉)

敵は足下にいた。光宣《みのる》が立っている屋根のすぐ下で、彼を見上げていた。目が合った直後、敵が屋根の上に跳び上がってくる。光宣《みのる》は慌てて跳《と》び退《すさ》った。

年齢は四十歳前後か。身長は光宣《みのる》よりやや高い程度だが、幅と厚みは二回り以上大きい。中年太り気味だが、贅肉《ぜいにく》だけでなく筋肉も付いていた。

屋根に上がってきた敵は間合いを計ることもせずに、いきなり光宣《みのる》に襲い掛かった。手にする得物は鉄扇。扇子型の鉄器ではなく親骨、中骨に鉄を使った扇だ。

光宣《みのる》が対物シールドを展開する。シールドは確かに鉄扇の打撃を受け止めた。

「——ぐっ！」

にも拘《かか》わらず、激しい痛みが光宣《みのる》を襲う。過去に経験したことは無いが「野球のバットで殴られたなら、きっとこのような痛みを覚えるのではないか」と光宣《みのる》は思った。そんな激痛が魔法シールドを透《とお》り抜《ぬ》けて光宣《みのる》を襲った。

敵が今度は、鉄扇を横殴りに打ち込もうとしている。距離を取るべく、光宣《みのる》は敵を吹き飛ばそうとした。

パラサイトの事象干渉力を使った加速系単一魔法。魔法と言うより念動力《PK》に近い。咄嗟《とっさ》のことなので余り大きな力は込められなかったが、敵の体格なら二メートル以上は吹き飛ばせるはずだった。

（――魔法を無効化された⁉）

しかし実際には、鉄扇の打撃を中断させられただけだ。敵は一秒間未満突風に耐えるように身体《からだ》を硬直させただけで、すぐに攻撃動作を再開した。

（術式解体《グラム・デモリッション》？　いや、違う。そんな想子《サイオン》の流れは見られなかった）

（何だ、こいつは⁉）

光宣《みのる》が今度は自分自身に移動と慣性制御の魔法を作用させて、通りを挟んだ向かい側の屋根に飛び移る。着地してすぐ、光宣《みのる》は放出系魔法で作り出した球電を敵に向けて放った。

時速三百キロメートル程の速度で撃ち出した球電は、見事標的に着弾する。敵が球電を鉄扇で打ち落とそうとしたのは反射的な防御行動だろう。扇子の骨を伝って、敵の古式魔法師――道士は感電したようだ。手を押さえて屋根の上で蹲《うずくま》る。

だが畳み掛ける魔法は撃てなかった。光宣《みのる》が球電を放つと同時に、敵も［窮奇《きゅうき》］を繰り出していたのだ。

呪詛《じゅそ》の風が光宣《みのる》を襲う。光宣《みのる》は呪的防御を優先せざるを得ない。

そこへさらに、光宣《みのる》の耳に［魔笛］の調べが届いた。もう一人の道士が追い付いてきたのだ。

風使いの道士だけでも手強《てごわ》かったのに、笛吹きの道士まで同時に相手取るのは分が悪い。

（ここは「三十六計逃げるに如《し》かず」だ）

元々光宣《みのる》はチベットに戦いに来たのではない。既に本来の目的は達している。

光宣《みのる》は［疑似瞬間移動］でいったん上空一千メートルまで上がり、着地に適したポイントを探した。そして新たな［疑似瞬間移動］の連続発動でラサの外へ跳んだ。

光宣《みのる》が移動した先は宮殿の南を東西に流れるラサ川南岸の道路脇の空き地だ。元いた場所からは五キロメートルほど離れている。

たった五キロメートル程度しか離れなかったのは、人が少なすぎる所へ行くと余計に目立ってしまう恐れがあるからだ。地上から見る高千穂《たかちほ》はもう随分地平線に近付いている。宇宙に戻るのは高千穂《たかちほ》が次に接近するのを待った方が良さそうだと光宣《みのる》は判断した。

（それにしてもあいつらは何だったんだ……）

チベットに潜入すれば、大亜連合《だいあれんごう》の魔法師、それもエースクラスの高位魔法師から攻撃を受ける可能性が高いと理解していた。心構えも十分にできていたつもりでいた。しかし実際に遭遇した魔法師の力量は予想を超えていた。力量の高さも予想以上だったが、それ以上に力の方向性が想定外だった。

仮称「風使い」も「笛吹き」も、魔法の威力自体は大したことがない。「風使い」の「窮奇《きゅうき》」は対象が敵単体に限られる上に、おそらく気流を媒体にしているので射程が短く低速だ。「笛吹き」の［魔笛］は発動対象の数こそ目を見張るものがあった。だが一般人を相手に意識を奪った人数よりも、膝を突かせるまでしかできない人数の方が多かった。

周公瑾《しゅうこうきん》と縁があった呂剛虎《ルウガンフウ》などと比べれば、戦場における戦力としては格下と言っても良いように思われる。――とはいえ呂剛虎《ルウガンフウ》の力を光宣《みのる》は直接体感したことは無いのであくまでも伝聞に基づく推測だが。

しかし対人戦闘要員として見るならば、彼らの魔法は脅威だった。光宣《みのる》が攻撃に備えていたにも拘《かか》わらず、あの二人の魔法はその防御を抜いて彼にダメージを与えたのだ。

光宣《みのる》は物質的な攻撃に対しても精神的な攻撃に対しても高い抵抗力を持っている。それは、彼の自惚《うぬぼ》れではなかった。彼の戦歴がそれを証明している。光宣《みのる》がここまで苦戦したのは四葉《よつば》一族の黒羽《くろば》文弥《ふみや》、祖父の故・九島烈《くどうれつ》、そして達也《たつや》を相手にして以来だった。

(侮《あなど》っていたつもりは無いけど……)

軽く頭を振っていったん後悔を棚上げにし、光宣《みのる》は気持ちを立て直した。

受動的な魔法知覚力の範囲を半径一キロメートルまで広げて周囲を探る。そして、その探知範囲内にちょうど入ってきた情報体をキャッチした。

(やはり逃げ切れなかったか……)

光宣《みのる》が心の中で呟《つぶや》く。情報体は敵の道士が放った使い魔だった。日本では式神とか護法とか呼ばれているものだ。

情報体——使い魔は一体ではなかった。知覚を広げた直後には、探知に引っ掛かったのは二体だけだったが、今は六体まで増えている。

使い魔は扇骨《せんこつ》(扇の骨組み)のような放射状の隊列を組んで、かなりのスピードで近付いていた。光宣《みのる》の[疑似瞬間移動]をトレースしたのではなく、大体の方向に目処《めど》をつけて探索の使い魔を多数放ったのだろう。組織的に「数」を使う、正統的な偵察隊の運用方法だ。

使い魔の飛行速度はかなり速いとはいえ、[疑似瞬間移動]で逃げられないほどではない。だが光宣《みのる》は今回、その逃走手段を選ばなかった。

普通の意味で痕跡を全く残さずに[疑似瞬間移動]を発動する自信が光宣《みのる》にはある。実際に、先日達也《たつや》に呼ばれてUSNAカリフォルニア州バークレーのホテルに降りた時は、行きも帰りも——高千穂《たかちほ》から地上に降下した際にも地上から高千穂《たかちほ》に戻った際にも、その痕跡をUSNA当局に摑《つか》ませなかった。あのスターズも光宣《みのる》の[疑似瞬間移動]を探知できなかった。

だが現在、彼を追跡している相手は正体が全く分かっていない。彼が知らない方法で高千穂《たかちほ》への帰還をトレースするかもしれない。［疑似瞬間移動］は真の意味で瞬間的に移動する魔法ではないのだ。

高千穂《たかちほ》が最も天頂に近付く最接近のタイミングでも、片道十秒前後掛かる。地上から見た位置が地平線に近付いている時ならば、その二倍近くの所要時間を見込まなければならない。

周公瑾《しゅうこうきん》の亡霊から道術に関して豊富な知識を吸収しているとはいえ、あの亡霊も道術・神仙術の全てを知り尽くしていたわけではない。魔法そのものを知覚されなくても、移動過程の痕跡をキャッチされる可能性は否定できない。

最悪のケースとして一時的に拘束される事態に陥っても、高千穂《たかちほ》の秘密だけは守らなければならない。宇宙に戻るのは追跡を確実に振り切ってからだ。光宣《みのる》はそう考えていた。

逃走か、迎撃か。

光宣《みのる》は逃走を選んだ。あらかじめ用意しておいた呪符を両脚に貼り付けて走り出す。周公《しゅうこう》瑾《きん》の亡霊から知識を奪った道術［神行法《しんこうほう》］だ。相手も同じ系統の古式魔法を使う道士だから恐らく光宣《みのる》の逃走に気付くだろうが、一ヶ所に止《とど》まっているより挟み撃ちや待ち伏せを喰《く》らう確率は低いはずだと考えた結果だった。

光宣《みのる》は川沿いの道路を外れ開発されていない丘陵部へ向かった。移動速度は時速四十キロから五十キロに達していたが、使い魔の飛行速度はもっと速い。光宣《みのる》は使い魔の進路直線上を避けて走った。――だがそれでも、一分足らずで使い魔に捕捉されてしまった。

走りながら光宣《みのる》は、背中に迫ろうとする使い魔の破壊を試みた。

結果は、と言うと、無系統魔法の単純な想子《サイオン》の弾丸で彼に付《つ》き纏《まと》う使い魔はあっさり壊れた。

特別な術式は必要無かった。破壊に伴って呪いを受けるなどの罠《わな》も仕込まれていなかった。

拍子抜けする光宣《みのる》。

しかし次の瞬間、使い魔が消えた場所に鉄扇の敵道士が出現する。

まるで使い魔の消滅と引き換えに出現したかのように見えるのは［疑似瞬間移動］の一種だろう。消滅の際に座標を報《しら》せるシグナルを発する機能が使い魔に組み込まれていたのか。

不意を突かれたのは否《いな》めない。

だが光宣《みのる》と鉄扇の道士が攻撃を繰り出したのは同時だった。

光宣《みのる》の、球電の砲弾。

道士の、呪詛《じゅそ》の風刃。

道士は今回、球電を鉄扇で受け止めなかった。右手に持つ鉄扇ではなく、左手に持った扇子を広げて、それを盾にした。舞台や芝居で良く使われる大型の物で、普通に骨は竹、扇面は紙で作られている。

確かに紙と竹で作られた扇子は電気を通さない。だが光宣《みのる》には、ただの紙で防がれる程度の攻撃を放った覚えは無かった。

（やはりこいつは——こいつらは！）

対人技能に長《た》けている、と光宣《みのる》は思った。彼の思考の言語化されなかった部分を補足するなら、光宣《みのる》は「鉄扇の道士」と「魔笛の道士」の正体を大亜連合《だいあれんごう》軍の対人魔法戦闘のスペシャリストと推測していた。

道士が左手に持った大型扇子は、恐らく魔法攻撃を防ぐ盾の性質を与えられた魔法具だ。扇面にびっしり文字が書き込まれている。多分あの扇子で一枚の呪符を成しているのだろう。

(敵は追跡中に、万全の準備を調えてきたというわけだ)

敵の魔法、呪詛《じゅそ》の風「窮奇《きゅうき》」を「呪詛返《じゅそ》し」の結界で跳ね返しながら光宣《みのる》は心の中で呟《つぶや》いた。

そして微《かす》かに、酷薄な笑みを浮かべる。

敵の道士から隠しきれない動揺が伝わってきた。風刃に含まれていた呪詛《じゅそ》の成分を返されたのが意外だったのだろう。あるいは光宣《みのる》が道術の結界を使ったのに驚いたのかもしれない。

敵の攻撃に備えていたのは、大亜連合《だいあれんごう》の道士だけではなかった。道士が追跡中に四系統八種の現代魔法に対する盾を準備したように、光宣《みのる》も逃走しながら道術による攻撃に備えていたのだった。

ただ、敵に与えた精神的なショックは光宣《みのる》が期待した程にはならなかった。「鉄扇の道士」はすぐに動揺を抑え込んで、光宣《みのる》に襲いかかってきた。

接近のスピード、踏み込みの鋭さは、光宣《みのる》が覚えている限り達也《たつや》に匹敵する。もしも光宣《みのる》に達也《たつや》と戦った経験が無かったならば、対応できなかったに違いない。鉄扇による打撃を、それに付随する衝撃波ごと何とか逸《そ》らす。先刻は屋根の上という足場の悪さに助けられていたのだと光宣《みのる》は思い知らされた。

格闘術は敵の方が明白に上。相手に直接作用する魔法は正体不明の対抗魔法に無効化され、魔法による物理現象を使った攻撃は盾の役目をする扇子に防がれてしまう。

救いは「魔笛の道士」が一緒に跳んでこなかったことか。それでもこのままでは、時間の問題だ。馬鹿正直に正面からやり合っているだけでは、光宣《みのる》の敗北は必至だった。

いや、光宣《みのる》が人間のままだったならば、既に決着は付いていただろう。彼は道士の攻撃を、完全に躱《かわ》し切れていなかった。光宣《みのる》がまだ立っていられるのはパラサイトの超回復力の御蔭《おかげ》だ。

だがそれも、何時《いつ》までもは続かないだろう。対抗魔法同様に正体がハッキリしない衝撃波が、パラサイトの再生力を少しずつ麻痺《まひ》させている実感が光宣《みのる》にはあった。もしかしたら敵は対人魔法戦闘のスペシャリストというよりも、パラサイトのような人外の魔物を退治する専門家なのかもしれなかった。

とにかく、このままではまずい。――光宣《みのる》はそう考えた。元々彼に必要なのは、追跡者に勝利することではなかった。

勝利ではなく逃亡の完遂。追跡者を完全に振り切ってしまうことが光宣《みのる》の目的だ。それに照らせば、今のこの状況は望ましくなかった。

ここで「鉄扇の道士」と白兵戦を続けていたなら、その内「魔笛の道士」にも追い付かれてしまうだろう。それは、逃走の困難化を意味している。

状況の打破には、思い切った手を打つ必要がある。多少無茶をするくらいでなければこの難局は乗り切れない。光宣《みのる》は冒険を決意した。

彼は鉄扇の攻撃を受け流していたシールドを、受け止める角度で構築した。

襲い来る衝撃波とそれがもたらすダメージを無視して、魔法シールドをその場所に維持したまま一歩一歩後退《あとずさ》った。

敵に直接作用する魔法は、相変わらず無効化されている。一方、敵が繰り出す物質的な攻撃を受け止める魔法シールドはその目的を果たしていた。

敵の道士は自分に作用する魔法を無効化できても、自分に直接働き掛けていない魔法を自分の方から無効化することはできていない。その結果、道士はシールドの手前で足止めされ光宣《みのる》との距離が開いた。

ただ、このまま敵を釘付《くぎづ》けにできるとは、光宣《みのる》は考えていない。彼に必要なのは、この十歩分程の間合《まあい》だった。

衝撃波によるダメージの蓄積が危険水域に及んでいる。余り余裕は無い。そう認識した光宣《みのる》はすぐに、後退しながら準備を終えた魔法を発動した。

対象は「鉄扇の道士」ではない。照準は彼の、足の下。

地面が爆発した。地下二メートルから地下一メートルに掛けて、上向きの急加速を与えられた厚さ一メートルの地層がその上の土砂を勢い良く吹き飛ばしたのだ。

この効率を無視した魔法に、敵の道士も宙に舞う。立っていた地面を爆破されたのだ。魔法を無効化できても、土砂に塗《まみ》れて吹き飛ばされるのは防ぎようが無い。敵の身体《からだ》は二メートル近く打ち上げられ、一緒に舞い上がった土砂と共に落ちて、半ばそれに埋もれた。

ただ爆発の勢いは、一流の戦士を無力化する程ではなかった。

「鉄扇の道士」は、埋もれ掛けた土砂の中からすぐに立ち上がって襲い掛かってくるだろう。

光宣《みのる》は、この隙に乗じて攻撃を仕掛けることはしなかった。

彼は逃亡の為《ため》に、短距離の［疑似瞬間移動］を連続して発動した。

数回の［疑似瞬間移動］で丘陵部を大きく回り込んで、光宣《みのる》はラサの市街地に戻ってきた。

これで敵の裏をかけるかどうかは五分五分だったが、紛れ込んだ市街地に「魔笛の道士」の姿も「鉄扇の道士」の姿も、彼ら以外の敵魔法師の姿も取り敢《とあ》えず無かった。

光宣《みのる》は徒歩で駅に向かい、［仮装行列《パレード》］と［鬼門遁甲《きもんとんこう》］の合わせ技で青海《チンハイ》に向かう停車中の列車に潜り込んだ。チケットは持っていない。チケットを身分証明書と一緒にスリ取るのは光宣《みのる》にとって難しくなかったが、そこまでする必要を彼は認めなかった。とにかく追跡を振り切るのが目的だったので検札前に列車から飛び降りるつもりだ。

しかし、そう都合良く事は運ばなかった。

前の車輛《しゃりょう》からざわめきが聞こえてくる。断片的に拾えたフレーズから判断すると、大亜連合《だいあれんごう》の兵士が検問に乗り込んできたようだ。

安直だった、と光宣《みのる》は心の中で呻《うめ》いた。あの道士たちが軍の魔法師ならば、ラサから脱出する列車や自走車の検問は当然にあり得る、というより必然だった。認めたくはないが、自分は大亜連合《だいあれんごう》を甘く見ていたのだろう……。光宣《みのる》はそう思った。

後悔が思考を停滞させる。行動に遅滞が生じる。

彼が列車から脱出すべく動き出したのは、近付く足音の中に魔法師の気配を見付け出した瞬間だった。

光宣《みのる》に襲い掛かった二人の道士とは別人のもの。

だから気付くのが遅れたのか。

これほど接近されるまで気付かなかったのは、無意識の内に敵をあの二人に限定していたからか。――そんな自責の念を頭の片隅に押しやって、光宣《みのる》は列車からの脱出路を探した。

通路には人が一杯だ。彼らをかき分けて行くとなると、反対側の出口は間に合わないだろう。

窓から飛び出すしかない。その判断に時間は掛からなかった。

怒号を無視し摑《つか》み掛《か》かってくる手を相手の身体《からだ》ごと払《はら》い除《の》けて、光宣《みのる》は窓際《まどぎわ》に進んだ。

他の乗客が隣の車輛《しゃりょう》に向かったのを、視界の端で捉える。検問の兵士に、告げ口をしに行ったのだろう。ますます、時間を掛けてはいられなくなった。

光宣《みのる》は窓枠に手を掛けた。窓は幸い、はめ殺しにはなっていない。彼は一気に、窓を全開にした。

その時、頭上で足音が鳴った。何者かが列車の屋根に飛び降りた音だ。

直後に、笛の音が車内を満たした。

音楽に乗せて、魔法が無差別に襲い掛かる。

乗客が音を立てて蹲《うずくま》り、膝を突き、倒れていく中で、光宣《みのる》は窓枠に足を掛け列車の外に飛び出した。

発車前のプラットフォームには大勢の兵士があちこちで塊を作っていた。その内の一団が、窓から飛び降りた光宣《みのる》に向けて警告も無しに発砲する。

列車の側面に、蜂の巣さながらの弾痕が穿《うが》たれる。

銃を向けられた段階でシールドを張っていた光宣《みのる》に被弾は無かった。だが流れ弾の犠牲者は、残念ながらゼロではなかった。

飛び降りた体勢で腰を落としていた光宣《みのる》が立ち上がる。振り返り顔を上げると、少年のように小柄な道士が屋根の上で横笛を奏《かな》でていた。

その演奏は光宣《みのる》に向かって発砲した兵士たちにも聞こえているはずだったが、彼らに魔法の影響は見られない。どうやら音楽が聞こえる範囲と魔法が作用する範囲は、一致していないようだ。

笛の音がいったん途切れ、趣を変えて再開される。曲目が変わったのだろう。

同時に、笛の音に乗せられた魔法の効果が変わった。それがどんなものなのか、光宣《みのる》にはすぐに分かった。

身体機能を阻害する魔法から、魔法式構築を阻害する魔法へ。

特に魔法の照準を曖昧にする効果が高いようだ。

光宣《みのる》の実感では、自分の魔法を完全に封じ込める程の強さは無い。だが長距離の［疑似瞬間移動］は躊躇《ためら》われた。

この魔法において照準が曖昧になるということは、移動先の情報量が制限されるということを意味する。魔法を左右するのは物理的な距離より情報的な距離であり、情報が制限を受けるというのは情報的な距離が遠くなるということだ。肉眼ではっきりと視認できる近い距離も、情報に制限を掛けられれば地平線の彼方《かなた》と同義になる。

まるで光宣《みのる》の逃走手段を封じる為《ため》にあるような魔法だ。いや、光宣《みのる》の逃走手段を分析した上で、それを妨害する為《ため》のレパートリーを選んだのだろう。

幸い光宣《みのる》の、ズボンに隠れた両脚の脛《すね》には［神行法《しんこうほう》］の呪符が貼られたままになっている。

光宣《みのる》はこの道術による逃走を選んだ。

列車に沿って走り始めたのは、隣のプラットフォームに兵士が集まっているからだ。光宣《みのる》は

［神行法《しんこうほう》］と並行して［鬼門遁甲《きもんとんこう》］も発動した。兵士の銃撃を避ける為《ため》だ。

笛の魔法は現代魔法に照準を定めているのか、古式魔法に対する干渉は弱い。それを［神行《しんこう》法《ほう》］で実感した上での［鬼門遁甲《きもんとんこう》］だった。

しかし光宣《みのる》は［鬼門遁甲《きもんとんこう》］をすぐに解除した。

この魔法は自分を見た者の方位感覚を狂わせる。自分の位置を確認しようとする相手の意識を利用して、相手の精神機能に干渉する。

その結果、術者の位置を知ろうとする者は常に誤った方位へと意識を誘導される。

では術者を銃で撃とうとしている者に［鬼門遁甲《きもんとんこう》］が作用すると、どうなるか。

答え。止まることのない誤射が発生する。

トリガーを引いている者は銃口を正確な方向に向けているつもりなのに、その方向が狂わされるのだ。駅のように人が多い所だと、誤射による犠牲者が大量に発生する。今この場では、大勢の民間人が銃で撃たれて血を流していた。

民間人が傷付き、命を落としたのは自分の責任だ――とは、光宣《みのる》は考えていない。誤射はトリガーを引いた者の責任。彼はそう割り切るメンタリティを、人間を辞めた時に身に付けた。

しかし自責の念は覚えなくても、気持ちの良い光景《い》ではない。大亜連合人《だいあれんごう》だからといって、敵意や恨みを持つ理由は光宣《みのる》には無かった。チベット人なら尚更《なおさら》のこと。無駄な犠牲者を増やすのは、光宣《みのる》としても好むところではなかった。

方位を狂わせる魔法を解除したことで、光宣《みのる》が列車に沿って走り去ろうとしているのに気付いたのだろう。中にいた魔法師が背後から魔法で攻撃を仕掛けてきた。

柄の無い、細く小さな九本のナイフが同時に飛んでくる。だがそのナイフは、光宣《みのる》まで届かなかった。「魔笛の道士」の魔法に照準を狂わされたのだろう。どうやら列車に乗っていたのは現代魔法師だったようだ。

光宣《みのる》の脳裏を閃《ひらめ》きが過《よぎ》った。

現代魔法の照準は狂わされている。では古式魔法による攻撃はどうだろうか。あの道士は、古式魔法による攻撃も警戒しているだろうか？

光宣《みのる》は使うつもりが無かった、ただ念の為《ため》に持ってきた呪符をウエストポーチから取り出した。周公瑾《しゅうこうきん》の知識で作った物ではない。旧第九研が収集していた古式魔法の知識で作った日本の、陰陽術の呪符――式札だ。光宣《みのる》が今年に入ってから、基本的に自由時間が多い宇宙での生活で新たに身に付けた技術だ。

光宣《みのる》は走る速度を緩めて、式札を背後に投げた。

「急々如律令《きゅうきゅうにょりつりょう》」

同時に、呪符を起動するキーワードを唱える。

式札が一瞬で燃え上がり、その炎が鷹《たか》の姿に変じた。

（良し、思ったとおりだ）

光宣《みのる》が推理したとおり、今奏《かな》でられている曲は古式魔法を阻害する効果を持たない。自分自身に作用する古式魔法だけでなく、遠隔の術式も妨害されない。

暗赤色の炎が鷹《たか》の姿を取って空を翔《か》け、「笛の道士」に襲い掛かる。

笛の音が甲高い長音に変わった。

音が圧力に換わる。

音に乗せた想子《サイオン》波の衝撃が、炎の鷹《たか》を圧《お》し潰した。

灰となって散る式神。「魔笛の道士」は光宣《みのる》の古式魔法による攻撃を瞬時に無力化した。

光宣《みのる》の攻撃は、決して片手間のものではなかった。発動手順は略式だったが、式札はそれなりに時間と呪力を込めて作製した物だ。あの道士の古式魔法師としての実力は光宣《みのる》に匹敵するか、あるいは凌駕《りようが》する。

ただ、この局面では光宣《みのる》が「魔笛の道士」を出し抜いた。

鷹《たか》の式神を滅ぼす為《ため》に、笛の演奏は途絶えた。

中断は一音分。炎の鷹《たか》が灰となって散った時には、魔笛の演奏は再開されていた。

だがそのわずかな中断だけで、光宣《みのる》にとっては十分だった。

一瞬で発動した［疑似瞬間移動］。

演奏が再開される直前に、彼の姿はその場から消えていた。

◇　◇　◇

「魔笛の道士」はしばらく、光宣《みのる》が消えた辺りをじっと見詰めていた。

そして何の痕跡も見て取れないと分かり、追跡を断念した。

道士が列車の屋根から飛び降りる。その小柄な身体《からだ》の前に、小型ナイフによる攻撃を光宣《みのる》に仕掛けた魔法師が膝を突いた。その魔法師は大亜《だいあ》連合《れんごう》軍の、少尉の階級章を付けていた。

「韓大人《ハンダーレン》、申し訳ございません」

「逃げられたのは貴方《あなた》の所為《せい》ばかりではありませんよ、少尉。私もしてやられました」

韓大人《ハンダーレン》と呼ばれた道士の声は小柄な体格に似合わず、低く深みのあるものだった。

「追跡は如何《いかが》致しましょう」

「そうですね……。取《と》り敢《あ》えず全ての道路を封鎖し、無人機《ドローン》による巡回を徹底させてください」

韓《ハン》道士は少し考えた後、常識的な指図を行う。

それは逃げた魔法師、つまり光宣《みのる》を魔法によって追い掛けられなかったという告白でもある。

魔法師の少尉は跪《ひざまず》いたまま、意外感を湛《たた》えた目で韓《ハン》道士を見上げた。

「何か？」

「いえ！　……先程の魔法師、一体何者でしょうか？」

韓《ハン》道士に視線の意味を問われて、少尉は慌てて誤魔化した。

「分かりません。現代魔法だけでなく道術も使っていましたが、道士ではないと思います」

「もしや『サプタ・リシ』では？」

「違うと思いますが、可能性は否定できませんね」

『サプタ・リシ』というのはインド・ペルシア連邦《IPU》の精鋭魔法師で構成された特殊工作員部隊のコードネームだ。大亜《だいあ》連合《れんごう》の魔法師部隊とはチベットやウイグル、モンゴル、カザフスタン、キルギスなどで暗闘を繰り広げている。

「鍾離大人《ツオンリーダーレン》に、一応ご連絡致しましょうか……？」

恐る恐る少尉が訊《たず》ねる。

『鍾離大人《ツオンリーダーレン》』というのは鉄扇を使い共に光宣《みのる》を追い掛けていた道士のことで、韓《ハン》道士とは同じ組織の競争相手になる。

少尉の問い掛けに、韓《ハン》道士は「そうですね」と鷹揚《おうよう》に頷《うなず》いた。

◇　◇　◇

三時間に及ぶ逃走の後、ようやく追跡を振り切って高千《たかち》穂《ほ》に戻ってきた光宣《みのる》は一目見ただけで分かるほど疲れ切っていた。

「光宣《みのる》様、大丈夫ですか⁉」

駆け寄る水波《みなみ》を手で制して光宣《みのる》は居住区画へ進み、ソファに深く身体《からだ》を沈めた。

「重力を緩めますか？」

水波《みなみ》が心配そうに問い掛ける。この居住区の重力は人造レリック『マジストア』によって維持されている。光宣《みのる》か水波《みなみ》が六時間ごとに重力制御魔法を更新しているのだが、途中でマジストアの機能を止めて新たな魔法を保存し直すのは人造レリックの仕様に含まれていた。

「いや、大丈夫。それより消化に良《い》いものが欲しいな」

光宣《みのる》は今、体力を使い果たしていると言うより精気不足に陥っているのだが、精気は生命活動によって生み出されるもの。精気不足を自力で解消する為《ため》には生命活動の活性化が必要であり、生命活動の活性化には肉体のエネルギー補給が必要だ。

水波《みなみ》は「かしこまりました」と慌て気味に答えてキッチンへ向かった。


地上から送られてくる豊富な食材で水波《みなみ》が作った、滋養たっぷりの玉子粥《たまごがゆ》で光宣《みのる》の顔色は随分と改善した。

それでもすぐに元どおりとは行かず、光宣《みのる》が本格的に復調したのは食後一時間以上が経過した後だった。

「光宣《みのる》様……。一体何があったのか、うかがってもよろしいでしょうか」

訊《たず》ねる水波《みなみ》の声には、心配と怒気が同居していた。

「油断したつもりはなかったんだけど、大亜連合《だいあれんごう》を甘く見ていた」

無理はしないと言っておきながら不安にさせてしまった自覚から、光宣《みのる》は素直に自分の非を認めた。

「チベットに予想を超えて手強《てごわ》い道士がいた」

光宣《みのる》はそう前置きして、周公瑾《しゅうこうきん》の知識にも無かった未知のスキルを使う古式魔法師に追い回され、追跡を振り切るのに長時間を要したことを語った。

「……それほどの強敵だったのですか？」

「強敵だった。三時間も費やしたのは戦いを避けたからだけど、最初から殺すつもりで対応しても苦戦は免《まぬが》れなかったと思う。二人とも破壊力は大したことなかったけど、対人戦に適した技能の持ち主だったよ」

「対人戦闘に特化した古式魔法師ということでしょうか」

「そうだね。特にあの魔法を無効化するスキルなんかを見ると、カウンター・メイジストの専門部隊なのかもしれない」

「……このことは達也《たつや》様にお伝えした方がよろしいのでは？　私の方からご報告致しましょうか？」

水波《みなみ》がそう申し出たのは、チベット潜入が達也《たつや》に相談せずに行われたからだ。光宣《みのる》は達也《たつや》の部下というわけではないが、こうして生活できるのは達也《たつや》の御蔭《おかげ》だ。独断専行を告白するのは気まずいのではないかと気を回したのだった。

「――いや、自分で言うよ。大人しく怒られることにする」

水波《みなみ》が何を考えたのか分かったのだろう。光宣《みのる》は苦笑いを浮かべながらそう答えた。

◇　◇　◇

自分が口にしたことを、光宣《みのる》は先延ばしにはしなかった。

そして達也《たつや》は、光宣《みのる》を一言も責めなかった。

『――その相手はおそらく『八仙《はっせん》』だろう』

報告を聞き終えた達也《たつや》は、光宣《みのる》が戦った相手についてこう述べた。

「八仙《はっせん》、ですか？　……東亜大陸に伝わる伝説の仙人たちのことではありませんよね？」

『名前の由来はその八仙《はっせん》だが、正体はもちろん違う』

光宣《みのる》の質問に、達也《たつや》はレーザー通信のモニターの中で笑いながら頭《かぶり》を振った。

道教には代表的な仙人として、八人の名前が伝わっている。李鉄拐《りてっかい》、鍾離権《しょうりけん》、呂洞賓《りょどうひん》、藍采和《らんさいか》、韓湘子《かんしょうし》、何仙姑《かせんこ》、張果老《ちょうかろう》、曹国舅《そうこっきゅう》の八人だ。

『伝説の八仙《はっせん》の名前をコードネームに持つ大亜連合《だいあれんごう》の特殊工作部隊。道教系の古式魔法師で構成されていると聞いている』

「そんな部隊が……。知りませんでした」

『俺も詳しいことは知らない。国防軍も詳細は摑《つか》んでいないと思う』

「秘密部隊なんですか？」

『秘密にしているのは間違いないが、これまでのところ活動が国内と中央アジアに限定されているようだ。だから日本やＵＳＮＡでは知られていないのだろう。ＩＰＵの軍関係者ならば、もっと詳しいことを知っているのではないかな』

「活動地域が違うのですね」

この時の話は、これで終わった。

達也《たつや》にも光宣《みのる》にも予知能力は無い。二人とも、ごく近い将来に再び『八仙《はっせん》』が自分たちに関わってくるとは、まるで考えていなかった。

Road to Shambhala

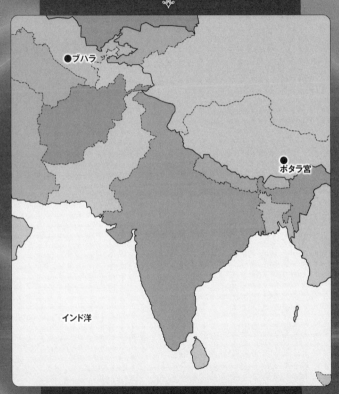

The irregular at magic high school **Magian Company**

【2】暗躍

七月二十五日、達也《たつや》は深雪《みゆき》と共に四葉《よつば》本家を訪ねた。

面会の約束は取り付けてあったので、二人はすぐに真夜《まや》の許《もと》へ案内された。

真夜《まや》に用件を問われて、達也《たつや》は『白い石板』と『コンパスの小石板』から導き出された仮説を説明し、ＩＰＵ訪問の許可を求める。

「シャンバラを探しに行きたい？　本気なの？」

達也《たつや》の話を聞いた真夜《まや》は、珍しく呆気《あっけ》に取《と》られた顔を見せていた。

「シャンバラの現存は信じていません。ただ、伝説の元になった文明の遺跡が見付かる可能性は低くないと考えています」

「……レリックが見付かる見込みがあると？」

「もっと貴重な物が手に入るかもしれません。例えば未使用の『導師《グル》の石板』とか」

「先史文明のものと推測される魔法を記録した石板ですか……」

未知の魔法が発掘される可能性に、真夜《まや》は明らかに心を動かしていた。

旧第四研は精神干渉系魔法の研究と同時に、魔法演算領域そのものの強化を目的としていた。その研究を引き継いだ四葉《よつば》家は、国家への貢献という表向きの義務とは別に、裏では魔法そのものの進歩と強化を一族の使命として掲げている。

その四葉《よつば》家の当主としては、現代の魔法より明らかに優れた点がある先史文明魔法発掘の可能性は無視し得ないものだった。

「出国の名目はどうするのですか？」

真由美《まゆみ》をUSNAに派遣した際、達也《たつや》は少々、手荒な手段で魔法師の出国の自由をもぎ取っている。しかし出国には目的が必要だ。観光目的などという口実は通用しないに決まっているし、魔法的な遺物を発掘に行くと正直に申告できるはずもなかった。

「メイジアン・ソサエティとFEHR《フェール》の提携を利用するつもりです」

「具体的には？」

「提携書署名式の場所を公海上からスリランカに変更して、立ち会いを理由に出国します」

「電子署名で済ませるのではなかったかしら」

現代では有形物としての契約書を作らず電子データだけで済ませることも多い。真夜《まや》が指摘したとおり、ソサエティとFEHR《フェール》の提携もこの形式で済ませる予定だった。

「FEHR《フェール》の法律顧問からの申し出で書面に変更しました」

「それは本当に先方からの申し出だったの？」

真夜《まや》が笑みを浮かべながら、からかう口調で達也《たつや》に訊《たず》ねる。

「ええ。偶然ですが、結果的に好都合でした」

「偶然ねぇ……」

すました顔で答える達也《たつや》に、真夜《まや》の笑みは深くなった。

「まあ良《い》いでしょう。スリランカは表向き中立国ですので、直接IPUに行くよりは刺激も少ないでしょうからね」

真夜《まや》が言う「刺激」を受ける対象は様々だ。日本政府や国防軍だけでなく、外国の政府、軍、諜報《ちょうほう》機関、それに「黒幕」や「灰色の枢機卿《すうききょう》」などと呼ばれる影の権力者を含む。

「それで、今回も深雪《みゆき》さんを連れて行くのかしら?」

真夜《まや》が達也《たつや》の隣に無言で控える深雪《みゆき》に目を遣《や》りながら訊《たず》ねる。

深雪《みゆき》は俯《うつむ》き加減の姿勢を維持したまま、真夜《まや》と目を合わせなかった。

「そのつもりです。俺の隣が世界で最も安全ですから」

あっさり言ってのけた達也《たつや》に、真夜《まや》は「あらあら……」と苦笑するばかりだ。

「それに今回はリーナも同行させるつもりです」

達也《たつや》は本心から、深雪にとっては自分の隣が世界で最も安全な場所だと考えている。だが隙が皆無ではないことも認識していた。

世の中には女性しか入っていけない場所がある。その穴を埋める為《ため》には同性の、少なくとも深雪《みゆき》本人に匹敵する実力者が必要だ。

例えば、リーナのような。

「そう。だったら私《わたくし》から言うことは無いわ」

「恐縮です」

「吉報を待っていますね」

真夜《まや》は最後の一言を、お土産を待ちわびる子供のような顔で告げた。

◇　◇　◇

七月二十六日、四葉《よつば》本家を訪問した翌日。

達也《たつや》は町田《まちだ》のメイジアン・カンパニー事務所へ出社していた。

深雪《みゆき》は月末まで魔法大学の定期試験だ。達也《たつや》は入学の時点で、大学の研究への貢献を条件に試験を免除されている。深雪《みゆき》もその気になれば同じ特例の適用を受けられるのだが、彼女は世間体を考慮して免除を希望しなかった。今日も真面目に試験を受けている。

一通り事務仕事を片付けた後、昼前になって達也《たつや》はIPUのインド共和国に国際電話を掛けた。相手はメイジアン・ソサエティ代表のチャンドラセカールだ。

『分かりました。私は一向に構いませんよ』

FEHR《フェール》との提携書署名式の場所をスリランカのソサエティ本部に変更したいという達也《たつや》の要望に、チャンドラセカールは二つ返事で頷《うなず》いた。

「ありがとうございます。FEHR《フェール》の方はこれから了解を取りますので、スケジュールについては決まり次第ご連絡します」

『私の方は来月末辺りまで手が空いていますので、何時《いつ》でも良《い》いですよ。ところでミスター』

ただ、気前の良《い》い返事だけでは済まなかった。

『こちらへお見えになる本当の目的は何なのでしょうか？』

署名式はカモフラージュだと、すぐにバレてしまったようだ。

チャンドラセカールは単なる学者ではなく、国防政策に強い発言力を持つIPUの重鎮でもある。最初から、その程度のことが分からないはずはなかった。

「貴国にお邪魔させていただきたいのです」

『スリランカではなく、我が連邦にですか？』

チャンドラセカールが軽く、意外感を表す。

彼女の声に含まれていた意外感は、わずかなものだった。

「詳しいことは直接お目に掛かってお話ししたいのですが」

『……分かりました』

達也《たつや》の勝手な言い分を聞いて、チャンドラセカールが考え込んだ時間もわずかだった。

『では署名式の後、我が家にお招きさせていただきますね』

「……よろしいのですか？」

応えを返すのに要した間は、達也《たつや》の方がむしろ長かった。

『ええ、是非に。もしよろしければ恒星炉のことや人造レリックのこともおうかがいしたいわ』

「分かりました。そういうことでしたら」

科学的な意見を交換するという体裁で入国させてくれるつもりだというチャンドラセカールの意図を理解して、達也《たつや》はそれに乗せてもらうことにした。

◇　◇　◇

達也《たつや》がレナに電話を掛けたのは翌日の朝のことだった。

レナはまるで待ち望んでいたように、署名式の変更について応諾した。出国準備に必要な日数を訊《たず》ねても、すぐにでも渡航したそうな勢いだ。

レナには何か、スリランカ、またはIPUに行きたい理由ができたようだと達也《たつや》は思った。

それはもしかしたら、達也《たつや》たちと同じなのかもしれない。「白い石板」＝「地図の石板」はUSNAに残っている。FEHR《フェール》に地図の謎を解くほどの実力があるとは思わなかったが、何者かがFEHR《フェール》にシャンバラの探索をやらせたいのかもしれない。

達也《たつや》はそう考えた。だがその推測はおくびにも出さずに、署名式の日程をレナと話し合った。最終的に、深雪《みゆき》に自由時間ができる夏休みに入った直後、八月二日に決めた。

◇◇◇

時間はやや遡る。達也《たつや》からの電話は現地時間午後四時に掛かってきたが、その二時間前、レナはUSNA連邦軍士官に面会を求められた。

全く予定に無い突然の訪問だ。通常ならば断るところだが相手が連邦軍士官、それもスターズの所属とあってはそうもいかない。レナは自分の執務室に予定外の客を招き入れた。

「初めまして、ミズ・フェール。特殊作戦軍魔法師部隊スターズ所属、イヴリン・テイラー少尉です」

押し掛けてきた士官は一人だった。平均よりやや背が高めの、若い女性だ。

「はじめまして、少尉。レナ・フェールです。FEHR《フェール》の代表を務めております」

挨拶の為《ため》に立ち上がったレナは、その大きさに圧倒された。レナの身長は百六十センチを少し上回る。相手はそれより五センチ前後高い程度だから、上背に圧倒されたのではない。

イヴリン少尉は、大層スタイルが良かった。握手を交わす為《ため》に近付くと、大きく前に突き出した胸に圧迫されるような錯覚を覚える。実を言えばレナは少女のように細い、頼りない体型に劣等感《コンプレックス》を抱えているから、余計にイヴリンのスタイルを意識してしまったのかもしれない。

「どうぞお掛けください。本日はどのような御用件で？」

密《ひそ》かな敗北感を笑顔で隠して、レナは早速用件を訊《たず》ねた。

「貴女方《あなたがた》から証拠品として提出があった石板について、ご説明とお願いしたいことがあります」

「説明と……ご依頼、ですか？」

「はい」

イヴリンは頷《うなず》いて、「白い石板」がシャンバラへの地図である可能性が高いことを話した。

「シャンバラ……？　失礼ですが、それはただの伝説では？」

「信じられませんか？」

レナの常識的な反応に、イヴリンがニッコリ笑う。

「……正直申しまして」

レナは遠慮がちに頷《うなず》いた。

「実を言えば私もです」

笑顔を変えずに告げたイヴリンの言葉に、レナが意表を突かれた表情を浮かべる。

だがイヴリンのセリフは、ここで終わりではなかった。

「ですが、考えてみてください。百年前は魔法も単なる御伽噺《おとぎばなし》でしかなかった」

「……シャンバラも実在すると？」

「シャンバラという都市が今も存在しているとは考えていませんよ」

「昔はあった、とお考えなのですか？」

「ええ、そうです」

イヴリンが満足げに頷《うなず》く。

「私たちは『白い石板』がシャンバラの遺跡を指し示していると考えています」

「まるで宝の地図ですね」

レナが漏らした懐疑的な感想に、イヴリンは声を上げて笑った。

「宝の地図！　言い得て妙ですね」

イヴリンの表情が急転する。口角を上げたまま、それ以外のパーツは真顔になった。

「私たちには貴女《あなた》の組織を援助する用意があります」

「援助と仰《おつしや》いますと？」

レナは喜ぶのではなく、訝《いぶか》しげな表情を浮かべた。

「資金的な援助だけでなく、それ以外にもあらゆる意味で」

「……FEHR《フェール》をスターズの傘下《さんか》に収めるということですか？」

「援助です。支配するつもりはありません」

レナが探る眼差《まなざ》しをイヴリンに向ける。意識してのことではないが、レナの琥珀《こはく》色の瞳が薄《うつす》らと金色《こんじき》を帯びた。

「……条件をお聞かせください」

レナは決して、大声を張り上げてはいない。にも拘《かか》わらず、彼女の声は部屋の中で幾重にも反響し「場」を満たした。

魔法は使っていない。瞳の色の変化は彼女の「力」が活性化したことを示しているが、心に浸《し》みて行く声、大聖堂の中で行われる高徳な聖職者の説法に似た厳粛な雰囲気は、レナが持つカリスマ性の一端だった。

イヴリンが表情で感嘆を表す。しかし、それだけだ。彼女は、感心はしていても感銘は受けていなかった。

「そうですね。貴女《あなた》の言葉を借りるならば、『宝探し』に行ってください」

「……シャンバラの遺跡を見付けに行けという意味ですか？」

「そうです！」

良く分かりましたね、という笑顔でイヴリンは頷《うなず》いた。

「私たちの解読が正しければ、シャンバラの遺跡はＩＰＵのウズベキスタンにあります」

「ＩＰＵですか……」

レナが考え込んだのは出国の困難を思ってのことではなかった。魔法師の出国に関して、ＵＳＮＡは比較的寛容な部類に属する。スターズの候補に挙がるような高レベル魔法師の出国には厳しい制限が掛けられているが、低レベルの魔法師については審査が厳しいだけで禁止されてはいなかった。

「IPUが遺跡の発掘など認めるでしょうか？」

「目的を正直に申告したら、入国させてもらえないでしょうね」

「……不法滞在せよと？」

「その辺りのことはこれから考えましょう」

あっけらかんとしたイヴリンの答えに、レナは看過できない引っ掛かりを覚えた。

「少尉も同行されるのですか？」

発掘調査に依頼主が同行するのは、表面的には何もおかしくないように思われる。

しかしそれなら、レナに調査を依頼する必要は無い。USNAの軍人がIPUで自由に動き回るわけには行かないから、民間のFEHR《フェール》を使おうとしているのではないのか。――レナはそう思った。

「そこで二つ目のお願いです。私をFEHR《フェール》に入れてください」

「FEHR《フェール》を隠《かく》れ蓑《みの》にすると仰《おっしゃ》るのですか？」

「はい」

イヴリンは悪びれた様子も無く頷《うなず》いた。

「あっ、もちろん強制ではありませんよ。これは連邦軍からのお願いです」

イヴリンの微笑《ほほえ》みには、罪悪感の欠片《かけら》もなかった。無邪気とすら言える眼差《まなざ》しを向けてレナの回答を待っている。

結局、レナはイヴリンの「お願い」を二つとも受《う》け容《い》れた。

◇　◇　◇

七月二十八日、達也《たつや》は三日続けて町田《まちだ》の事務所に出社していた。

週初の予定では、今日は巳焼島《みやきしま》でステラジェネレーターの仕事を片付けるはずだった。ところが昨日の夕方、FEHR《フェール》のレナと電話で話をした後に、独立魔装連隊の真田《さなだ》少佐から「会って話をしたい」という電話を受けたのだ。巳焼島《みやきしま》に招いても問題のない相手だったが、向こうの利便性を考えてこの場所を指定したのだった。

真田《さなだ》とは比較的会う機会が多い。既に達也《たつや》は特務士官ではないが、国防軍との関係は切れていない（なおこの場合の「特務士官」は正規の士官教育を受けず特例で士官の待遇を得た者ではなく、民間人でありながら義勇兵ではない正規の交戦者資格と士官の身分を与えられた者のこと）。

CADを始めとする魔法工学製品は今でも軍事用の需要が最も多い。FLTの売上に占める割合は恒星炉関係の出荷が増えたことで軍需の比率が低下傾向にあるが、それでも国防軍が重要顧客であることに変わりはない。

トーラス・シルバーの名前を捨てた今も、達也《たつや》はFLTの研究員を兼務している。技術士官の真田《さなだ》とは受注した製品に関する打合せで、月一回以上のペースで顔を合わせていた。

「本日はどのような御用件でしょうか」

そんなわけだから、達也《たつや》は挨拶に多くの時間を割かず真田《さなだ》に用件を訊《たず》ねた。

「隊長経由で、明山《あきやま》本部長からの依頼を持ってきました」

「本部長から？　うかがいましょう」

明山《あきやま》参謀本部長は国防軍の幹部の中で、制服組、背広組を通じて最も魔法師《メイジスト》に好意的なスタンスを取っている人物の一人だ。先月敢行した彗星《すいせい》爆破のデモンストレーションの際には、半ば脅迫込みではあったが魔法師《メイジスト》の出国制限緩和に力を貸してもらっている。

あの件で達也《たつや》は明山《あきやま》に、多少の借りを感じている。「返済」に、それに見合う仕事をするに吝《やぶさ》かでなかった。

「司波《しば》さん」

今の達也《たつや》は真田《さなだ》にとって、同僚ではなくビジネスの相手だ。呼び方をそれに相応《ふさわ》しく変えるのは当然だった。

「来週、スリランカを訪問されるそうですね」

「もうご存じでしたか」

達也《たつや》はそれほど驚かなかった。前回の渡米と違って、スリランカへの出国は秘密にしていない。渡航に必要なビザも、できたばかりのスリランカ大使館——スリランカは今年の四月にI

PUから分離・独立している――に正規の手続きで昨日申請している。

達也《たつや》が驚いたのは、口に出したとおり「もう知っているのか」の一点だった。

「メイジアン・ソサエティのセレモニーに出席するご予定とか」

「はい。ソサエティがアメリカのFEHR《フェール》という団体と正式に提携することになりましたので、その署名式に出席します」

これも隠すことではない。達也《たつや》は頷《うなず》くだけでなく、セレモニーの内容も答えに付け加えた。

「もしスケジュールに余裕があれば、IPUに足を運んでもらえませんか」

「IPUに？」

達也《たつや》は訝《いぶか》しげに眉を動かすだけだったが、深雪《みゆき》やリーナだったならば動揺を隠せなかっただろう。言うまでもなくスリランカ訪問と違って、IPUへ行くのは秘密だ。

「スリランカからIPUへの入国はビザが不要ですし、司波《しば》さんならチャンドラセカール博士から個人的な招待を受けても不自然ではありませんから」

「つまり、博士に入国させてくれと依頼しろと？」

「ああ、いえ、強制ではありませんよ。お願いです。IPUでラース・シン将軍にご伝言をお願いしたいんですよ」

ラース・シンはIPUの旧インド軍を掌握している将軍だ。階級は中将だが、インド・ペルシア連邦軍最高司令官である大将よりも実質的な権勢は上回っていると、軍事関係者の間ではもっぱらの評判だった。

「親書をお渡しすれば良いんですか？　でしたらスリランカで博士にお願いしますが」

ラース・シンとチャンドラセカールは特別に親密な関係にあると噂《うわさ》されている間柄だ。

「いえ、口頭で」

真田《さなだ》が首を左右に振る。

達也《たつや》の眉が、今度は驚きを表して小さく上がった。真田《さなだ》は「データにも書面にも一切残せないメッセージを伝えて欲しい」と達也《たつや》に依頼していることになる。

「そんなに秘匿性が高い伝言を私が聞いても良いんですか？」

「証拠が残らなければ問題ありません。伝言だけでは大した意味を持ちませんから」

「……つまり本部長からシン将軍に伝言があったという事実が残ることが問題なんですね」

「そのとおりです」

達也《たつや》は今一つ真剣味に欠ける真田《さなだ》の顔を見ながら十秒ほど考え込んだ。

「分かりました。機会があればお伝えします」

「そうですか。ありがとうございます」

そう言って真田《さなだ》は椅子から立ち上がり、二人の間にある机を回り込んで達也《たつや》の耳に口を近付けた。

◇　◇　◇

警察の強制捜査を逃れたＦＡＩＲ《フェア》の首領・ディーンとサブリーダーのローラは、司法当局の手に落ちたサンフランシスコ市の本部からリッチモンド市の隠れ家に移った。

それから一週間。ディーンはまだ、身動きが取れずにいる。

本部に踏み込んだのはサンフランシスコ市警だが、ディーンとローラは今、州警察により全国指名手配を受けている。その捜査が、かなり厳しいものだったのだ。

ローラが情報屋から聞いた話では、オークランドで行った［バベル］の実験を理由にディーンたちはテロリストとして手配されているらしい。警察は［バベル］のことを知らないが、連邦軍からテロの未遂事件が発生しディーンがその首謀者だと聞かされているようだ。

テロリストに対する追及の厳しさは、普通の犯罪者に対するものと比べものにならない。その首謀者ともなれば、逃げる素振りを見せたというだけで射殺もあり得る。ディーンが外出もままならないのは、そういう理由からだった。

潜伏を始めてから八日後。そんなディーンの許《もと》を、一人の男が訪ねてきた。

ロッキー・ディーンの外見は完全にイタリア系白人のものだが、彼は華僑《かきょう》の出身だった。彼がこうして潜んでいられるのも、華僑《かきょう》がアメリカの表と裏に張り巡らせたネットワークの助けによるものだ。

リッチモンドの隠れ家を訪れた男は、華僑《かきょう》ネットワークの紹介だった。

男は『ルゥ・ドンビン』と名乗った。

「私の記憶違いでなければ……」

同席しているローラが横から、控えめながらはっきりした語調で口を挿《はさ》む。

「呂洞賓《ルウドンビン》は八仙《はっせん》の名前ではありませんか？」

ルゥ・ドンビン、またはロイ・ドンピン。日本では呂洞賓《りょどうひん》と呼ばれる、東亜大陸を代表する伝説の仙人の一人。

三十歳前後に見えるその男は、ローラの指摘に薄《うっす》らと笑った。

「私は『八仙《はっせん》』の一人です。ただし現代の『八仙《はっせん》』ですが」

「何だそれは」

ディーンが不機嫌な声で訊《たず》ねた。彼も伝説の仙人の名前くらいは知っている。だが「現代の八仙《はっせん》」と言われても、心当たりは全く無かった。

「我が軍にはそういう名称の組織があるのですよ」

ルゥ・ドンビンはあっさりとした口調で答えた。だがそこに重要な情報が含まれていたのを、ディーンは聞き逃さなかった。

「我が軍？　貴様は大亜《だいあ》連合《れんごう》軍の魔法師か？」

ルゥ・ドンビンは薄ら笑いを顔に貼り付けたまま、是とも否とも答えなかった。

「我々には貴方《あなた》がたを支援する用意があります」

ルゥ・ドンビンは質問に答える代わりに、こう申し出た。

「資金援助をしてくれるということか？」

「資金なら幾らでも必要なだけ提供しましょう。しかし、資金だけで良《い》いのですか？」

「兵力も派遣してくれると？」

ディーンが驚きを隠せぬ顔で問い返す。

「まずは私が力をお貸ししましょう」

「貴様が……？」

ディーンの訝《いぶか》しげな表情は、ルゥ・ドンビンを侮《あなど》ってのものでもその実力を疑ってのものでもなかった。ルゥ・ドンビンはこの部屋に入った瞬間から力を隠していない。この男が相当な実力者であることは、魔法師ならば一目で分かる。

ディーンの疑問は「これ程の手練《てだ》れが何故《なぜ》？」というものだった。

「待ってください。何故《なぜ》、私たちに力を貸してくださるのですか？」

同じ疑問をローラは、はっきりと口にした。

「ミスター・ディーンは同胞だからですよ」

ルゥ・ドンビンの答えは、あらかじめ用意されていたかの如《ごと》く淀《よど》みないものだった。

「そうですね……。我々が本気であることの証明に、まずは警察に奪われた石板を取り戻して御覧にいれましょうか？」

さらにこんなことを申し出た。

ローラが視線でディーンの意思をうかがう。

「――お手並みを拝見しよう」

申し出に頷《うなず》くディーンの態度と言葉遣いが変化していた。

◇◇◇

解読を終えた「白い石板」はサンフランシスコ市警の保管庫に返却されていた。

七月末、その石板十六枚が盗まれた。警察がその事実に気付いたのは、証拠品の点検日に当たる三日後のことだった。

署内には至る所に監視カメラが設置されていたが、犯人の姿を捉えた物は皆無だった。

【3】渡航

八月二日の午前中に、達也《たつや》はスリランカ南部のハンバントタ国際空港に到着した。使ったのは一般の旅客機でも軍用機でもなく、彼のプライベートジェットだ。

水素燃料で飛行し魔法で飛行を補助する極超音速機で、最高速度はマッハ七。民間機だが空対空レーザー砲と高エネルギー電波兵器に転用可能なレーダーを搭載している。パイロットも元国防空軍の戦闘機乗りだ。

機体性能は軍用機顔負けだが、客室は人造レリック・マジストアによる慣性制御が効いていて乗り心地は快適だ。おそらく亜音速の旅客機よりも乗客が感じる負担は少ない。この性能を活《い》かして、日本からスリランカまで二時間しか掛かっていない。

同行者は深雪《みゆき》とリーナ、それに花菱兵庫《はなびしひょうご》だ。文弥《ふみや》と亜夜子《あやこ》も付いて来たがっていたのだが、黒羽《くろば》家は別の重要な仕事を抱えており、二人は渋々同行を断念した。

兵庫《ひょうご》を連れていくかどうかについては、少し議論があった。個人の戦闘力で見れば、兵庫《ひょうご》はいざという時の足手纏《あしでまと》いになりかねない。だが彼には民間軍事会社で修行していた頃に培《つちか》った人脈がある。

今回の目的地は中央アジアだ。達也《たつや》やリーナが持つＵＳＮＡのコネは余り役に立たないだろう。チャンドラセカールを何処《どこ》まで信用して良いのか、未知数の部分もある。

いざという時には高千穂《たかちほ》を経由して脱出が可能。だがそれは本当に最後の手段だ。

直接戦闘以外のトラブルに直面した際に、兵庫《ひょうご》の傭兵《ようへい》ネットワークを頼る局面が訪れるかもしれない。そう考えて達也《たつや》は最終的に、兵庫《ひょうご》を随行メンバーに選んだのだった。

空港にはメイジアン・ソサエティの事務員が迎えに来ていた。チャンドラセカールの弟子の一人で大学に研究者のポストが無かったからソサエティに就職した、とは自己紹介の際の本人の弁だ。

四人は彼が運転するSUVタイプの自走車で、メイジアン・ソサエティの本部が置かれているスリランカ南端近くの都市、ゴールに向かった。

プライベートジェットは、いったん日本に帰した。迎えの事務員には「帰国の際に使うのに何故態々《なぜわざわざ》日本に帰すのか」と不思議がられたが、あれが極超音速機であり片道二時間しか掛からないことを説明すると、驚かれると同時に納得された。

署名式は明日行われる予定だ。達也《たつや》たちはゴール市内のホテルに案内された。クラシックな宮殿を思わせる外観。部屋も設備こそ最新だったが内装と調度品のデザインはレトロなイメージに纏《まと》められていた。

用意してあったのは続きの三部屋で、ダブルが一つにシングルが二つ。ダブルは達也《たつや》と深雪《みゆき》用だ。二人は既に夫婦扱いだった。

深雪《みゆき》は恥ずかしそうにしていたが、達也《たつや》はチャンドラセカールが手配した部屋割りをそのまま受《う》け容《い》れた。

達也《たつや》たち一行はディナーを済ませて部屋に引き上げる途中で、チェックインをしているレナの姿を見掛けた。

同行者は男女一人ずつ。男性は黒人で三十過ぎ、女性は白人で二十代前半か。もっとも、実年齢が外見どおりとは限らない。レナは相変わらず十六、七歳くらいにしか見えない。彼女ほど極端ではないとしても、随員が見た目より年を取っているという可能性は十分にあり得る。

事実は達也《たつや》が［エレメンタル・サイト］を使えば分かる。だが彼は、そこまでする必要を認めなかった。年齢よりも他に、気になることがあった。

（かなりハイレベルな魔法師《メイジスト》だな……。スターズの隊員でもおかしくない）

チェックインの様子を遠目に見ただけだが、女性の随員が強力な魔法師《メイジスト》であることは［エレメンタル・サイト］で「視《み》」てみなくても分かった。

それはリーナも同意見だった。

「……彼女も多分軍人ね。新しいスターズかしら」

達也《たつや》たちの部屋でルームサービスのカクテルを飲みながら、リーナがレナの随員についてそう述べた。彼女も、というのは、黒人男性の方も元軍人か傭兵《ようへい》だろうと推理していたからだ。

「スターズに共通する特徴のようなものがあったのか？」

「ちょっと見ただけだもの。そこまでは分からないわよ」

達也《たつや》の質問に、リーナは無責任な開き直りとも思える答えを返す。

「ただ何となく、昔の仲間に雰囲気が似てるな、って感じただけ」

そして、こう付け加えた。

◇◇◇

メイジアン・ソサエティとFEHR《フェール》の署名式は、特筆すべきこともなく無事に終わった。

その後の会食の席で、『イヴリン・テイラー』と名乗ったレナの随員の女性が「シルクロードの要衝、サマルカンドを観光できないか」と言い出した。

「シルクロードの歴史に興味がおありなのですか？」というチャンドラセカールの質問、というか相槌《あいづち》に、シルクロードに関する蘊蓄《うんちく》をまくし立てるイヴリン。

その迫力に圧《お》されたのか、チャンドラセカールは「観光の手配をしておきます」とイヴリンに約束させられていた。

◇　◇　◇

署名式の日はチャンドラセカールも同じホテルに泊まった。

翌日、達也《たつや》たちはレナ一行と一緒にハイダラーバードにあるチャンドラセカールの屋敷に招かれた。「屋敷《やしき》」と呼ぶに相応《ふさわ》しい、広大な自宅だ。四葉《よつば》本家よりも広い。

「初めまして。アイラ・クリシュナ・シャーストリーと申します」

屋敷《やしき》では、未公表の戦略級魔法師であるアイラが待っていた。達也《たつや》は既に彼女と会っている。インド洋上で行われたメイジアン・ソサエティ設立セレモニーに、アイラはチャンドラセカールの護衛として随伴していた。

この挨拶は深雪《みゆき》とレナに向けたものだった。その際、アイラは傍目《はため》にもレナの方に多くの意識を割いていた。

ソサエティとFEHR《フェール》の提携書には人材交流に関する定めもある。アイラが深雪《みゆき》よりもレナを強く意識していたのは、自分がFEHR《フェール》の本部があるバンクーバーへ派遣されることを聞かされていたからだった。——まだ、この時点では。

アイラとの顔合わせに続き、時間を掛けて遅めの昼食を皆で摂《と》る。食事の後、一行はサロンに案内され、お茶を振る舞われた。ただ達也《たつや》だけはチャンドラセカールによって、彼女の書斎に連れて行かれた。

書斎といってもフルサイズの応接セットが置かれた広い部屋だ。プライベートな応接間と表現した方が良《い》いかもしれない。

「それでは、お聞かせ願えますか」

その応接セットに向かい合って腰を落ち着け、お茶を持ってきた使用人が退室したところで、チャンドラセカールはそれまでの会話の続きのような口調で達也《たつや》にそう訊《たず》ねた。

何を、とは、達也《たつや》は訊《き》き返さなかった。

ＩＰＵ訪問の目的を直接会って説明するという約束を、彼は忘れていなかった。

「ＵＳＮＡでシャンバラへの地図と思われる遺物が発掘されました」

「シャンバラ？　あのシャンバラですか？」

問い返すチャンドラセカールの声音は、控えめに言っても達也《たつや》の正気を半分は疑っているように聞こえるものだった。

「はい。と言っても、地底王国の伝説など信じてはいませんが」

シャンバラの伝説は「地底王国アガルタ」のフィクションとセットで語られることが多い。

「地図が示しているのは、シャンバラの遺跡の位置だと考えています」

「それが我が国にあると？」

遺跡と聞いて、チャンドラセカールがまともに話を聞く顔になった。

「ウズベキスタンのブハラ付近に遺跡が眠っているというのが私たちの考えです」

「……そこまで打ち明けてしまって良いのですか？　ミスターはシャンバラの遺産を欲《ほっ》しておられるのでは？」

「貴国の遺跡を盗掘するつもりはありません。しかし同時にシャンバラの遺跡の存在を公表したくもないのです」

「何故《なぜ》ですか？」

「シャンバラの遺跡には、極めて危険な遺物が埋まっている可能性があります」

「極めて危険……。魔法的な遺物は扱い方次第で危険な物ばかりだと思いますが」

「過去に発掘された遺物より、危険の度合いは遥《はる》かに高いと考えています」

「遥《はる》かに、と言われますと？」

「戦略級魔法に匹敵するか、それを上回るリスクを想定しています」

「それ程ですか……」

チャンドラセカールは「俄《にわか》には信じ難《がた》い」という顔をしている。だが彼女はすぐに気を取り直して、真剣な眼差《まなざ》しを達也《たつや》に向けた。

「……確かに、シャンバラに関する伝説が半分でも真実ならば、戦略級魔法に匹敵する力をもたらす魔法的遺物が発見される可能性はありますね。ではミスターは、その危険な遺産をどのように扱うおつもりなのですか?」

「平和的利用が可能ならば活用します。不可能ならば、研究して対抗手段を編み出します」

達也《たつや》の答えに、淀《よど》みは無かった。

「埋もれたままにしておこうとは考えないのですね」

「私に見付けられる物ならば、いずれ誰かが見付け出します。手掛かりを知ってしまった以上、見て見ぬ振りはできません」

「そうですか……お考えは理解しました」

達也《たつや》のセリフは嘘《うそ》ではなかったが、完全な本心でもない。どちらかと言えば後付けの理屈だ。

だがチャンドラセカールを納得させるのに十分な説得力を有していた。

「ミスターが遺跡探索を自由に行えるよう、私の方で段取りを考えてみます。結論が出るまでは申し訳ございませんが、ここに留まっていただけますか」

「分かりました。無理なようでしたら大人しく帰国します」

達也《たつや》の口調も表情もセリフどおりに殊勝なものだった。

「長くはお待たせしませんので」

しかしチャンドラセカールは強い警戒感を滲《にじ》ませながら、達也《たつや》に早期の回答を約束した。

彼女が達也《たつや》の帰国発言を、額面どおりに受け取っていないのは明らかだった。

◇◇◇

チャンドラセカールとの話が終わり、達也《たつや》は客間に案内された。屋敷《やしき》には来客用だけでも小さなホテル並みの部屋数があった。

スリランカのホテルと違い、提供された部屋は一人一室だった。とはいえ達也《たつや》が案内された客室は中でベッドルームとリビングに分かれていてシャワーブースも付いている。分《わ》かり易《やす》い尺度で言えばリビングが八畳、ベッドルームがその半分ほどの広さがあった。

達也《たつや》が客間に腰を落ち着けてすぐ、扉がノックされた。これは勘が良《い》いとか足音に耳を澄ませていたとかではなく、彼をこの部屋に案内した使用人に呼びに行ってもらったのである。

入ってきたのは深雪《みゆき》と兵庫《ひょうご》。

「リーナは、少し自分で探ってみたいことがあるのだそうです」

達也《たつや》が訊《たず》ねる前に、深雪《みゆき》から知りたかった答えが得られた。

「そうか。できれば一度で済ませておきたかったのだが」

「理奈《りな》お嬢様には私の方からお伝えします」

達也《たつや》が独り言のように漏らしたぼやきに、兵庫《ひょうご》がすかさず反応した。なおリーナの帰化名が『東道理奈《とうどうりな》』なので、兵庫《ひょうご》は彼女のことを「理奈《りな》お嬢様」と呼んでいる。

兵庫《ひようご》の申し出に達也《たつや》は「お願いします」と応じて、視線を深雪《みゆき》に戻した。

「無事、博士の協力が得られることになった」

そしてすぐに、会談の結果を説明した。

「IPU政府には目的を伏せたままで、シャンバラの遺跡を探せるのですか？」

「その方法を考えてくださるそうだ」

「ソサエティの代表を引き受けてくださった方ですから、ご協力をいただけるとは思っておりましたが、それでも少し意外です。博士はIPU国内で外国人を自由に行動させられるほどの影響力をお持ちなのですね」

「博士はIPU連邦軍の事実上のトップであるラース・シン将軍と、特別に親密な関係を築いておいでですので」

腰を下ろさず飲み物の準備をしていた兵庫《ひようご》が、グラスを深雪《みゆき》の前に置きながら説明する。

中身は度数が低いカクテル。この部屋にはカクテルを作れる簡易キッチンが備わっていた。

「特別、ですか……」

呟《つぶや》く深雪《みゆき》の声は、少し恥ずかしそうだ。

達也《たつや》の前に同じグラスを置いた兵庫《ひようご》が、笑みを浮かべて深雪《みゆき》へと振り向く。

「シン将軍とチャンドラセカール博士には血縁があるのです。私たちの感覚からするとかなり遠い関係ですが。博士は将軍から、肉親に対するものに近い庇護《ひご》を受けていらっしゃいます。

少々乱暴な単純化をお許しいただけるなら、叔父と姪《めい》のような間柄と申せましょう」

「あっ、そういう意味なのですね……」

深雪《みゆき》がホッとしたように表情を緩めた。ただ、彼女の頬はまだ赤みを帯びたままだ。

彼女がどんな勘違いをしたのか推測は難しくなかったが、達也《たつや》も兵庫《ひょうご》もそれを口にするような性格が悪い真似《まね》はしなかった。

「それにしても兵庫《ひょうご》さん、よくご存じですね」

「イギリスの『アンシーンアームズ』で仕事をしていた時に、この国出身の傭兵《ようへい》から教えてもらいました」

『アンシーンアームズ』は大勢の魔法師戦闘員を抱える民間軍事会社《PMSC》だ。兵庫《ひょうご》は達也《たつや》の執事になる直前まで、軍事スキルの修得と軍事関係の人脈形成の為《ため》に、このPMSCに所属していた。

「その時の元同僚は、現在カザフスタンに駐在しておりまして。いささか貸しもございますので、達也《たつや》様のお役に立たせることも可能かと存じます」

「そうですね。不測の事態に陥れば、お願いするかもしれません」

兵庫《ひょうご》のアピールを達也《たつや》は無下に断らなかった。それは多分にリップサービスの側面が強かったが、兵庫《ひょうご》は達也《たつや》に向かって満足げに一礼した。

◇◇◇

深雪《みゆき》と兵庫《ひょうご》が達也《たつや》の許《もと》へ赴いた少し後。達也《たつや》の部屋へ近付く人影があった。

おそらく、本人は廊下を普通に歩いているつもりだろう。

しかし、達也《たつや》一行の客室とレナ一行の客室は別棟にある。然《さ》りげ無《な》さを装《よそお》うのは、少し無理があった。

「ミズ・テイラー？」

そのいささか不審な真似《まね》をしていたイヴリンに背後から声が掛かる。

「――っ⁉」

慌てて振り向くイヴリン。

そこにいたのは、抑えられた照明の下でも鮮やかに煌《きら》めく金髪の美女。

彼女に話し掛けたのは、リーナだった。

「こんなところで何をなさっているのかしら？　私たちに御用ですか？」

「えっ、いえ、そういうわけでは……ええと、ミズ・シールズでしたよね」

イヴリンは、当たり前かもしれないが動揺していた。

動揺をパニックの手前に引き止めていたが、隠し切れてはいなかった。

「はい。改めて自己紹介しましょうか？」

「い、いえ……」

「アンジェリーナ・シールズです」

イヴリンは「必要無い」と言い掛けたのだが、それを遮ってリーナは名乗った。

「多分、私の方が年下ですので、気軽にリーナと呼んでくださいね」

「――え、あっ、リーナって」

そして「リーナ」の愛称を耳にして、イヴリンの表情が固まった。

「あっ、やっぱり？　それとも、ようやく気付いたの、と言うべきかしら」

上品な淑女の仮面を被《かぶ》っていたリーナが不敵な表情を浮かべる。

「ミズ・テイラー。貴女《あなた》、スターズでしょ」

そして決め付ける口調でイヴリンの素性を言い当てる。

「じゃあ貴女《あなた》はやはり『アンジー・シリウス』……」

素顔の『アンジー・シリウス』がリーナと呼ばれていたことを知っているのはスターズの中でも本部所属の恒星級隊員と『シルヴィア・マーキュリー』のように任務で素顔を知ることになった一部のメンバーだけだ。

「それを知っているということは、決まりね」

リーナがしたり顔で笑った。

イヴリンの呟《つぶや》きは、リーナの決め付けを肯定するものだった。

「何故《なぜ》……分かったの？　もしかして総司令から……？」

総司令であるカノープスが前シリウスと親しい間柄だったことは、スターズの中で秘密でも何でもない。古い隊員たちの話を聞いてイヴリンも知っていた。その情報を元に、カノープスがリーナに自分のことをリークしたのではないかとイヴリンは疑いを懐《いだ》いたのだ。

「ベンから貴女《あなた》のことを聞いていたわけじゃないわ」

しかしリーナはその疑惑をはっきりと否定する。

嘘《うそ》には聞こえなかった。

「何となく、スターズの隊員じゃないかと思っただけ」

「何それ……訳が分からないわ」

「私も説明できないんだけどね。同じ所で訓練をしていると、知らない内に似たような特徴が身に付くのかしら」

「………………」

納得したくはない。それなのに理解できるような気になってしまう。

そんな葛藤に見舞われて、イヴリンはどう応えを返せば良いのか分からなかった。

「それで、目的は何？　タツヤをスパイしに来たの？　ベンがそんな命令を出すとは思えないのだけど」

相手が黙っている隙にリーナが畳み掛けた。

「違うわ。そんな命令は受けていない」

追い込まれている、と感じたイヴリンは、思わず正直に答えてしまう。

「じゃあ何故《なぜ》ここにいるの？」

「──っ」

「スパイが目的じゃないとすれば、任務の邪魔にならないかどうか探りに来た？」

正解を言い当てられて、イヴリンは言葉に詰まった。

「……私が言うのも何だけど、貴女《あなた》、潜入ミッションに向いていないと思うわよ」

「慣れていないだけよ！」

思わず声を張り上げてしまったイヴリンは、自分の口を慌てて両手で塞いだ。

「──一つ、提案があるのだけど。私の部屋で話さない？　タツヤたちに聞かれたくはないんでしょ？」

イヴリンを同情の眼差《まなざ》しで見詰めながら、リーナはそんなことを申し出た。「多分、手遅れだけど」と思いつつ。

「……良《い》いわ」

イヴリンは不承不承であることを声音と表情で訴えながら、リーナの提案を受《う》け容《い》れた。

◇　◇　◇

夕食後、レナと彼女の随員はすぐに自分たちの部屋に引っ込み、サロンは達也《たつや》たちの貸切《かしきり》状態となった。

「リーナ、何か分かったか？」

「ダメ。イヴリン・テイラーはまだ正式にコードを与えられていないスターズの見習い、ということまでは分かったんだけど。IPUに来た目的は頑として口を割らなかった。本当にサマルカンドが目的地なのかどうかも喋《しゃべ》らなかったわ」

リーナが肩を竦《すく》めて「お手上げ」のポーズを取る。

「サマルカンドに行こうとしているのは本当なんだな？」

「言質《げんち》を取れたわけじゃないけどね」

両手を下ろしても、リーナの表情は「お手上げ」のままだった。

「ワタシの印象で良《い》いのなら、取り敢えずサマルカンドに行こうとしているみたいよ」

「このタイミングでサマルカンドか……」

達也《たつや》の呟《つぶや》きに深雪《みゆき》がハッと目を見開く。

「達也《たつや》様、まさか彼女たちも？」

「ミユキ、それって……」

リーナも深雪《みゆき》に一拍遅れて目を丸くした。

「地図の石板はＵＳＮＡに残っている。誰にも解読できないと考えるのは見くびりすぎだろう」

二人の疑問に達也《たつや》が纏《まと》めて答える。

「ですが達也《たつや》様。『コンパス』がありません」

「その代わり我々が持っていないデータを押さえているのかもしれない」

深雪《みゆき》の楽観論を達也《たつや》は戒めた。

「光宣《みのる》が撮影したのはＦＡＩＲ《フェア》の本部にあった十五枚だ。『地図の石板』はもう一枚、ＦＥＨＲ《フェール》がＦＡＩＲ《フェア》から奪った物もある」

「その一枚に決定的な情報が記載されていた可能性もありますね……」

「タツヤ、どうするの⁉」

物憂《ものう》げに考え込んだ深雪《みゆき》に対して、リーナは食ってかかる勢いで達也《たつや》に今後の方針を訊《たず》ねた。

「当面は予定どおりだ。イヴリン・テイラーは先にサマルカンドへ行くのだろう？　俺たちとは目的地が違うし、彼女の任務がシャンバラ発掘と確定したわけでもないからな」

「達也《たつや》様、博士にこのことを申し上げなくてもよろしいのでしょうか」

深雪《みゆき》のセリフは純粋に、イヴリンに騙《だま》されているかもしれないチャンドラセカールを案じてのものだった。

「確かにそれも、一つの手だな……」

しかし深雪《みゆき》の提言を検討する達也《たつや》の表情は、善意とは程遠いものだった。

Road to Shambhala

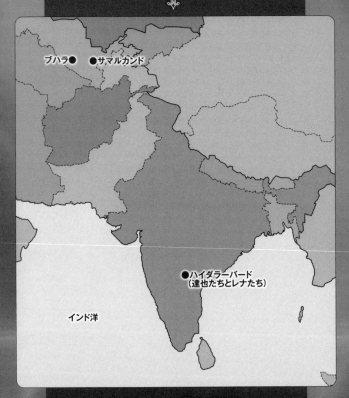

The irregular at magic high school Magian Company

【4】 駆け引き

達也《たつや》たちがハイダラーバードに滞在していることは、すぐにＩＰＵ政府の情報機関が知るところとなった。

意外ではない。達也《たつや》一行もレナ一行も正式な手続きを踏んで入国している。しかも滞在先がＩＰＵのＶＩＰ、チャンドラセカールの屋敷《やしき》だ。当日中に情報機関が目を付けなければ、そちらの方が不思議だ。

翌日の朝、達也《たつや》は起床と同時に屋敷《やしき》の外から自分たちを窺《うかが》う「眼《め》」の存在に気付いた。

「屋敷《やしき》の外に居《お》られるのは、博士の護衛の方ですか？」

朝食の席で、達也《たつや》はチャンドラセカールに白々しい質問をぶつけた。

「屋敷《やしき》の外ですか？」

チャンドラセカールの反応に、とぼけている様子は無かった。どうやら監視は、彼女に無断で行われているもののようだ。

「ええ。知覚系魔法で屋敷《やしき》の外から中の様子を窺《うかが》っているようですね」

達也《たつや》の指摘に深雪《みゆき》とリーナは、彼が監視に気付くのは当然といった態度を取っていた。

兵庫《ひょうご》は末席で、わずかに口角を上げて感心していることを表していた。

レナは素直に驚きを露《あら》わにしている。黒人男性の随員、ルイ・ルーもだ。

そしてイヴリンは何故《なぜ》か、口惜《くや》しげだった。

「──聞いていません」

チャンドラセカールの声には、不快感が露出している。

「失礼しました。すぐに止《や》めさせますので」

その怒りが演技でないという確証は無かったが、結果として監視の目が緩むのであれば達也《たつや》はそれで十分だった。

◇◇◇

今日はチャンドラセカールの案内でハイダラーバード大学を見学する予定になっている。IPUの魔法研究拠点は旧インドと旧イランに集まっていて、それぞれの国内──繰り返しになるが、IPUは連邦制だ──に六ヶ所ずつ存在する。この大学はその一つだ。

遺跡探索の手配はまだ終わっていない。その準備が調うまでここから動けないし、そもそもIPU入国の表向きの理由はハイダラーバード大学の魔法研究を見学することだ。本来の目的からすれば時間の浪費だが、「行かない」という選択肢は無い。それに、達也《たつや》には魔法研究者としての興味もあった。

見学に参加したメンバーは達也《たつや》の他に深雪《みゆき》、レナ、それにルイ・ルーだ。リーナは不参加を決めたイヴリンを牽制《けんせい》する為《ため》に屋敷《やしき》に残った。

兵庫《ひょうご》は彼の個人的な伝手《つて》でウズベキスタン方面の状況を確認しておくと言っていた。どうやら一人で外出するつもりのようだが、兵庫《ひょうご》は民間軍事会社《PMSC》の経験だけでなく四葉《よつば》家でも訓練されている。一人で行動させても問題無いと達也《たつや》は判断した。

達也《たつや》は大学で、かなり熱い歓迎を受けた。ただ教員と学生とでは熱意の焦点が異なっていた。教員の興味は人造レリックに集中していた。達也《たつや》に投げ掛けられる質問もレリックの複製に関わるものが多く、恒星炉システムに関する質問は余り出なかった。

学生は達也《たつや》がIPU以外の大国を次々と撃破したことに強い好感を懐《いだ》いている様子だった。マテリアル・バーストのような魔法はどうすれば修得できるか、と訊《たず》ねる者も一人や二人ではなかった。また、恒星炉運営会社ステラジェネレーターは外国人も採用しているのか、とかステラジェネレーターの外国支社は設立しないのか、といった質問も散見された。

チャンドラセカールの招待ということも影響したのだろう。達也《たつや》のハイダラーバード大学訪問は、概《おおむ》ね歓迎ムードで終始した。

ハプニング――あるいはサプライズと言うべきだろうか。達也《たつや》が大学を辞去しようとするタイミングで、それは起こった。

「――将軍閣下が私に？」

ラース・シン中将が達也《たつや》に会いたいと言ってきたのである。

チャンドラセカールが手配したのかと思ったが、彼女は「知らない」と言う。真相はどうあれ連邦軍の最高実力者が態々《わざわざ》見学先に会いに来ているのだ。達也《たつや》に拒否という選択肢は無かった。達也《たつや》はチャンドラセカールとレナに待たせてしまうことを謝罪して、深雪《みゆき》と共にラース・シンとの面談に臨んだ。

面談は大学の、まるで宮殿のサロンのように豪華な応接室で行われた。達也《たつや》、深雪《みゆき》の順に自己紹介をした後、達也《たつや》はシンにこの面談の目的を訊《たず》ねた。

「貴殿に会いに来た。それだけだ」

「――光栄です」

シンの真意が読めず、達也《たつや》は無難な反応で誤魔化した。

だが生憎《あいにく》と、戸惑いを隠し切れていなかったようだ。

「意外かね？　不思議がるようなことではないと思うが」

「いえ。インド・ペルシア連邦軍副司令にしてインド共和国軍総司令官の将軍閣下が無位無官の一民間人に態々《わざわざ》会いに来てくださるなど、正直申しまして予想外でした」

ラース・シンが愉快そうに声を上げて笑った。彼は実年齢六十代半ばで眉は真っ白になっているが――スキンヘッドにしているので白髪は無い――、それ以外は十歳以上若く見える。

「……いや、失礼。しかし、無位無官か。その様な肩書きが自分の価値を左右すると、貴殿は本気で思っているのかね？」

「…………」

「そうではあるまい。貴殿は自分の価値を理解しているはずだ。軍事に携わる者として、国防に関わる者として、貴殿の価値を無視できる人間など現在この世界には存在せぬよ。この場にいるのが儂《わし》ではなく連邦大統領であっても、少しもおかしくはない」

「恐縮です」

達也《たつや》が座ったまま、軽く一礼する。隣の深雪《みゆき》も、無言でそれに倣《なら》った。

達也《たつや》は表情を消していたが、深雪《みゆき》は満足げにこっそり微笑《ほほえ》んでいた。ラース・シンの言葉が誇らしかったのだ。

「さて、そんなわけで儂《わし》の目的は達せられたわけだが、これで終わりでは一方的すぎる。ミスター・司波《しば》、貴殿の方から何かないかね。多少のことなら融通を利《き》かせられるが」

「お願い事ではありませんが、実は、もし閣下にお目に掛かる機会があればということで伝言を預かっております」

「聞かせていただこう」

「日本国防軍参謀本部の明山《あきやま》よりの伝言です。『今後のことを直接ご相談したい』とのことでした」

笑っていたシンの目が、急に鋭い光を帯びた。

「ミスター・司波《しば》。貴殿はミスター・明山《あきやま》から、こういった依頼を直接受ける間柄なのか？」

「いいえ。この依頼は国防軍の、信頼の置ける知人を経由して受けたものです」

「……そうか。ではそのご友人に、『よろこんで』とお伝え願おう」

「承知しました」

その後は十五分ほど深雪《みゆき》を交えた雑談に興じて、達也《たつや》はラース・シンとの面談を終えた。

◇◇◇

大学からチャンドラセカールの屋敷《やしき》に戻った時、兵庫《ひょうご》はまだ出掛けたままだった。

夕食には少々時間がある。深雪《みゆき》は達也《たつや》が使っている客間の簡易キッチンで二人分のチャイを淹《い》れた。

「達也《たつや》様。将軍閣下にご協力を願わなくても良かったのですか？」

チャイのカップをテーブルに置き、達也《たつや》の隣に腰を下ろした深雪《みゆき》は先程から気になっていた質問を口にした。

「そのつもりはないよ。シン閣下に協力を依頼したら、首尾良く遺物が見付かった場合にそのことも話さなければならなくなる」

答えながら、達也《たつや》が眉を顰《ひそ》めた。

「魔法的遺物が軍事利用される可能性は、可能な限り低く抑えたい。チャンドラセカール博士に協力を依頼したのも、やむを得なかったからだ。本当は避けたかった」

「そうでしたか。それほど危険な物が埋まっていると達也《たつや》様はお考えなのですね」

「外れて欲しい予想だけどな……」

眉を曇らせたまま呟《つぶや》く達也《たつや》に、深雪《みゆき》は気休めの言葉を掛けられなかった。

◇　◇　◇

しかし事態は、達也《たつや》にとって思い掛けない展開を見せた。

八月六日、金曜日。達也《たつや》たちがハイダラーバード大学を見学した日の翌朝。

「ウズベキスタンとカザフスタンの国境で緊張状態が生じています。ウズベキスタンへ行くのは少し待ってください」

達也《たつや》一行とレナ一行、全員が揃《そろ》った朝食の席で、チャンドラセカールがいきなりこう告げた。

どう見ても冗談を言っている顔付きではない。

「サマルカンドを訪問するのに影響があるのですか!?」

真っ先にイヴリンが反応する。

「緊張状態はサマルカンドの北東、アイダール湖の東岸付近で発生しています。二百キロ近く離れているとは言え、影響は否定できません」

「そうですか……」

大人しく引き下がったイヴリンだが、俯《うつむ》いた顔は今にも歯がみしそうな表情になっていた。

「貴国とカザフスタンは友好関係にあったと記憶していますが」

次に疑問を呈したのは達也《たつや》だ。

「そうですね。少なくとも敵対関係にはありませんでした。急なことで私たちも驚いています」

チャンドラセカールの回答に眉を顰《ひそ》めたのは、達也《たつや》だけではなかった。

「特に前兆は無かったのですか？」

重ねて問う達也《たつや》。

「ええ。今、状況と背景を確認しているところです」

チャンドラセカールは達也《たつや》の質問に、困惑顔でこう答えた。

◇◇◇

ハイダラーバードは最も暑い季節を過ぎているとはいえ、高温多湿。今日は朝から雨も降っている。

チャンドラセカールは仕事で大学に行っていて、今後の話し合いもできない。朝食後は達也《たつや》一行もレナ一行も自分たちの部屋に引っ込んでいた。

とはいえ、一人一人バラバラに過ごしているわけではなかった。

「偶《たま》にはこんな、のんびりした時間も良《い》いですね」

達也《たつや》の前にコーヒーカップを置きながら深雪《みゆき》が笑顔で話し掛ける。カップの中身は魔法で冷やしたアイスコーヒー。彼女は最初、インディアンコーヒーにチャレンジしていたのだが、上《う》手《ま》く淹《い》れられず普通のコーヒーに切り替えたのだった。

「タツヤ、ミユキ、もらってきたわよ」

扉の向こう側でそう言って、返事も待たずに入ってきたのはリーナだ。彼女は片手に、お茶菓子を一杯に盛った金属製の大皿を持っていた。

「……随分たくさんもらってきたのね」

深雪《みゆき》が呆《あき》れ声ではなく唯々《ただただ》驚いている声で感想を漏らす。

「それはワタシの所為《せい》じゃないわ。ワタシはただ、お茶菓子が欲しいとリクエストしただけよ。そしたらこんなに一杯準備してくれたの」

リーナが慌てた風もなく潔白を主張した。

「お客様をもてなす時の、この国の文化なのかしら……」

深雪《みゆき》が戸惑いに満ちたセリフを呟《つぶや》く。

この時点ではまだ、深雪《みゆき》の声に非難のニュアンスは無い。

「……それにしても随分カロリーが高そうだな」

しかし達也《たつや》が零《こぼ》したコメントに、深雪《みゆき》が鋭い眼差《まなざ》しをリーナに向けた。

大皿の上に盛られているのは小さく固めたスージーハルワー（セモリナ粉に野菜、果物、ゴマなどを混ぜて油と砂糖で煮詰めた物）、カーラージャムーン（色を濃く揚げたドーナツのシロップ漬け）、ココナッツバルフィー（ココナッツやナッツなどを入れて固めたミルク菓子）、サンデーシュ（乳脂肪に砂糖とカルダモンを練りこみ、丸く固めた物）、チッキ（ナッツやドライフルーツ、ゴマなどをカラメル状の砂糖で固めた物）などインドの菓子類だ。特徴として言えるのは、全てが甘い。「甘め」とかではなく「甘い」と言い切ってしまえるほど甘い。

「だ、大丈夫よ。全部食べなくても良いんだから」

深雪《みゆき》の視線の意味は誤解しようのないもので、リーナは今にも冷や汗を滴《したた》らせそうな表情になって弁明の言葉を口にした。

深雪《みゆき》とリーナがコーヒーを飲みながらカロリーを控えていないスイーツを挟んで牽制《けんせい》し合っているところに、兵庫《ひょうご》がやってきた。チャンドラセカールの話を聞いて、今まで傭兵《ようへい》仲間に状況を訊《き》きに行っていたのだ。

「達也《たつや》様。カザフスタン軍に動員が掛かっているのは事実でした」

前置きの後に兵庫《ひょうご》は聞き取り結果を達也《たつや》に報告した。

「原因は分かりましたか」

「カザフスタンの国境警備隊がウズベキスタンの、か、側から銃撃を受けたことに対応する警戒行動のようです」

答える兵庫《ひょうご》の、含みのある言い方に達也《たつや》は眉を顰《ひそ》めた。

「何者による発砲なのかは判明していますか？」

達也《たつや》の質問に、リーナが「あっ」という表情で口を開ける。

「まだです。発砲したのがウズベキスタンの人間なのかどうかも不明です」

「ＩＰＵとカザフスタンを戦わせる為《ため》の軍事工作ね！」

リーナが飛び跳ねるように立ち上がって声を上げた。

「犯人は大亜連合《だいあれんごう》の工作員でしょ！」

自信満々に決めつけるリーナ。

達也《たつや》と兵庫《ひょうご》は揃《そろ》って、微《かす》かに苦笑した。

「リーナ。まだ犯人は特定できていないと聞いたばかりだろう」

「然様《さよう》でございますね。ただ、理奈《りな》お嬢様と同じ疑いをカザフスタン軍も持っているようです」

達也《たつや》の言葉を認めつつ、兵庫《ひょうご》はリーナもフォローした。

「では、カザフスタンにはこのまま軍を進める意思は無いということでしょうか？」

それまで思案顔で話を聞いていた深雪《みゆき》が確かめるような口調で兵庫《ひょうご》に問い掛ける。

「おそらく、深雪《みゆき》様の仰《おつしや》るとおりです。カザフスタンにいる旧友も同じ考えでした」

深雪《みゆき》は胸に手を当ててホッと息を吐《つ》いた。だが達也《たつや》が難しい顔をしているのを見て、不安を蘇《よみがえ》らせる。

「達也《たつや》様は……衝突が起こるとお考えなのですか？」

「んっ？　いや、カザフスタンがそういう認識ならば両国の間に戦端は開かれないだろう」

深雪《みゆき》にそっと問い掛けられて、自分の考えに沈んでいた達也《たつや》が会話に戻ってくる。

「俺が考えていたのは、大亜連合《だいあれんごう》が何故《なぜ》このタイミングで工作戦を仕掛けたのかという点だ」

「何をご懸念《けねん》されているのですか？」

「懸念《けねん》ではないが……。光宣《みのる》がチベットで起こした騒動が切っ掛けになったのではないか、と気になっている」

光宣《みのる》がチベットのラサで『八仙《はっせん》』と思われる道士に追い回された件は、深雪《みゆき》たちとも情報を共有している。

「ミノルの独断専行の所為《せい》で遺跡を探しに行けなくなったということ？」

不満を口にするリーナ。

「いや。それは違うぞ、リーナ」

達也《たつや》は人の悪い笑みを浮かべて首を横に振った。

「遺跡に関しては、むしろやりやすくなった」

「どういうこと……？」

リーナだけでなく深雪《みゆき》も、兵庫《ひょうご》も理解できないという顔をしている。

「光宣《みのる》が確認したところによると、チベットのラサには魔法的遺物が埋蔵されている。IPUにはウズベキスタンのシャンバラ遺跡ではなく、そちらに目を向けてもらおう」

リーナと深雪《みゆき》は、なお小首を傾《かし》げている。

兵庫《ひょうご》だけが理解の微笑《ほほえ》みを浮かべていた。

◇◇◇

「博士、これは我々が独自に調査して判明したことですが……」

達也《たつや》がそう切り出したのは夕食の席でのことだった。

深雪《みゆき》とリーナが同時に意外感を露《あら》わにする。

夕食には、深雪《みゆき》たちだけでなくレナ一行も同席していた。

「ラサにはレリック、またはそれを上回る遺物が大量に埋蔵されているようです」

「チベットのラサですか？　確かに、そのような噂《うわさ》は以前から耳にしておりますが……」

チャンドラセカールが探るような眼差《まなざ》しを達也《たつや》に向ける。

イヴリンは食い入るような視線で達也《たつや》を見詰めていた。

「単なる噂《うわさ》ではなかったようです。チベットが真の意味で独立国だったなら、貴国の援助でレリックを発掘することもできたでしょう。それが残念です」

達也《たつや》は大真面目な表情を崩さない。この場合、それがかえって胡散臭《うさんくさ》かった。

「……ミスターは我が国がラサのレリックを入手することをお望みなのですか？」

「大亜連合《だいあれんごう》の手にあるレリックは、研究させてもらえないでしょうから」

「……確かに、そうですね」

チャンドラセカールが食事の手を止めて考え込む。

達也《たつや》は喋《しゃべ》るのを止《や》めて食事を続けた。

深雪《みゆき》、リーナ、兵庫《ひょうご》もそれに倣《なら》う。

レナは妙な雰囲気になった食卓にオロオロし、イヴリンは露骨に目をぎらつかせていた。

◇　◇　◇

食事の後、チャンドラセカールはウズベキスタン南部の都市・カルシに派遣されているラース・シンに電話を掛けた。

彼がウズベキスタン入りしたのは、もちろん国境の緊張に備えてのもの。だが、ウズベキスタンの軍事は旧インド派閥の勢力下にはない。国境に近い基地には旧イラン派閥の将官が派遣され、シンは国境から離れた所で待機させられているというのが現状だった。

簡単な挨拶を交わした後、チャンドラセカールは達也《たつや》から聞いた話をラース・シンに伝えた。

『──その情報は、どの程度信じられるのだ？』

「信憑性《しんぴょうせい》は高いと思われます」

シンの問いにチャンドラセカールは、躊躇《ためら》いを見せずに答えた。

『では出土したレリックを研究したいという動機も本音か？』

「それだけではないでしょうね。ミスター・司波《しば》はそんなに単純な人物ではありません」

『そうだろうな』

ヴィジホンの画面の中でシンが頷《うなず》く。

『チベットを舞台にして、我々と大亜連合《だいあれんごう》を嚙《か》み合《あ》わせるつもりか』

シンの言葉に、今度はチャンドラセカールが同意を示した。

『──面白いではないか』

しかし次の一言は、チャンドラセカールを驚かせた。

「面白い、ですか？」

『うむ、面白い。乗ってやろう』

「チベットに介入すると？」

『大亜連合《だいあれんごう》め、このウズベキスタンでは随分と舐《な》めた真似《まね》をしてくれたからな』

シン将軍のセリフは「カザフスタン国境警備隊への発砲は大亜連合《だいあれんごう》による工作だ」という彼の確信を示すものだった。

『――やり返さなければと考えていたところだ』

それを聞いて、チャンドラセカールが苦笑する。「もう六十過ぎなのに、相変わらず血の気が多い」と思ったからだが、口には出さない。この老将軍にそんなことを言えば、逆に煽《あお》る結果になると彼女は良く知っていた。

『それにチベットの中立化は我が国の国益に適《かな》う。そろそろ本格的に介入すべきだと、以前から考えていた。レリックが大量に埋蔵されているという情報は、日和見主義者どもの尻《ケツ》を叩《たた》く良《い》い口実だ』

「そうですか……。私は学者ですから、軍事的決定に口出しはしません」

『分かっている。アーシャに責任を負わせるような真似《まね》はせんよ』

ラース・シンは年長者の気安さで、チャンドラセカールのことを名前で呼ぶ。チャンドラセカールの方は「閣下」呼びだ。

「いえ……」

そこでふと、チャンドラセカールは一つのアイデアを思い付いた。

「閣下は何時《いつ》までカルシにご滞在ですか?」

『しばらくは動けないだろうな』

「ではミスター・司波《しば》をそちらにお連れしますので、直接話を聞いてみては如何《いかが》でしょう」

『フム、そうだな……。ミスター・司波《しば》の都合が付くようなら、そうしてくれるか』

「分かりました。彼の都合を確認して、またお電話します」

電話を切ったチャンドラセカールの頭の中で、達也《たつや》に約束した遺跡発掘協力の段取りが駆け足で組み上がった。

◇◇◇

今世紀、世界がまだ寒冷化する前、ハイダラーバードには米国の大企業が多数進出した。その一部は今でも現地化することなく米国籍の企業として活動している。それらはUSNAの工作拠点と見做《みな》され監視を受けていたが、雇用の観点からか活動制限は受けていない。

イヴリンは夕食の後、屋敷《やしき》を抜け出してそうした企業の一つに忍び込んだ。既に述べたとおり、米国籍企業は監視を受けている。だがイヴリンはスターズの一等星を約束されている魔法師だ。監視の目を誤魔化すのは、彼女にとってそれほど難しくなかった。

そのオフィスビルはＩＰＵ当局が睨《にら》んでいるとおり、ＵＳＮＡの工作拠点だ。それを知っているからイヴリンはリスクを冒してここに足を運んだ。

用があるのは本国につながる秘密回線。

イヴリンは駐在員に頼んで、スターズ本部に通信をつないだ。

『何事だ、テイラー少尉。緊急事態か？』

音声のみの通信だからカノープスの顔は見えていない。だから口調だけで相手の機嫌を判断しなければならない。

詰問《きつもん》口調の問い掛けに、イヴリンは「責められている」と判断した。理由に心当たりもあった。今回のミッションでは、この拠点は使わないことになっている。この回線を使うのは、非常事態のみと指示されていた。――もっとも、詰問《きつもん》されているというのはイヴリンの誤解で、実のところカノープスは心配しているだけだったのだが。

「お騒がせして申し訳ございません、大佐殿。緊急にお伝えすべき情報と判断しました」

『話したまえ』

返答が即時のものだったことに手応えを感じて、イヴリンは達也《たつや》から聞いたラサのレリックについて報告した。

『――了解した。その件は参謀本部に相談する。貴官は現在の任務に傾注せよ』

「大佐殿。ＩＰＵとカザフスタンが緊張状態に突入し、ウズベキスタンへの入国は難しい状況にあります。ターゲットをチベットのレリックに変更した方がよろしいのではないでしょうか」

自分がチベットに潜入したいと間接的に訴えるイヴリン。

『カザフスタンの動きは知っている。だがチベットにおける作戦行動はさらに困難だ。それを知らないわけではあるまい』

だがカノープスの答えは、素っ気ないものだった。

『心配しなくてもカザフスタンは軍事行動を起こさない。そのまま待機せよ』

「――了解しました」

何故《なぜ》カザフスタンが動かないのか、何か確証があるのか、イヴリンは気になった。だがそれを訊《たず》ねるのは分を弁《わきま》えぬ振る舞いと思われてしまうかもしれない。

空気を読んで、イヴリンは疑問を呑《の》み込んだ。

◇◇◇

夕食後、深雪《みゆき》はリーナに捕まって話し相手をさせられていた。リーナも偶《たま》には、達也《たつや》と深雪《みゆき》の邪魔にならないよう気を遣わずに、気ままなお喋《しゃべ》りで気を紛らわせたくなる時がある。それが理解できるから、深雪《みゆき》は大人しくリーナに付き合っている。

そういう背景があって、達也《たつや》は珍しく一人で寛《くつろ》いでいた。普段は周りに彼の世話を焼きたがる人間がいるので、自分で食べ物や飲み物を用意することはほとんど無い。だが、できないというわけではなかった。彼は自分で淹《い》れたコーヒーでまったりと過ごしていた。

コーヒーを飲みながら読書をしている最中、達也《たつや》はふと誰かに呼ばれたような感覚を覚えた。気の所為《せい》、とは思わなかった。その感覚に心当たりがあったからだ。誰かが精神干渉系魔法で自分の意識に働き掛けようとしている。ただそれは、攻撃的なものではなかった。彼に対する害意は存在しなかった。

その魔法を受《う》け容《い》れるのではなく影響を遮断したまま、達也《たつや》は術者を探った。その正体はすぐに分かった。相手も隠れようとしていなかった。

達也《たつや》は本を閉じ、コーヒーを飲み干して、サロンに向かった。

そこで待っていたのはミドルティーンの外見を備えた三十歳の女性。

レナだった。

彼女は達也《たつや》の姿を見るとすぐに立ち上がり、「お呼び立てして申し訳ございません」と頭を下げた。

「いいえ。どうぞお掛けください。それで、御用件は何でしょうか」

達也《たつや》はレナの向かい側に腰を下ろしながらそう訊《たず》ねた。

「ミスターに、お話ししておきたいことがございまして……」

表情も口調も、レナは随分と言い難《にく》そうだ。

「何か問題が発生しましたか？」

「いいえ。ご相談ではなく……。打ち明け話、と申しますか……」

「何か、隠していることでも？　それはこちらに関係があることでしょうか？」

「ミスターに関わりがあるかどうかは、私には分かりません」

「私たちに害がなければ、無理に話さなくても構いませんが」

達也《たつや》の助け船に、思い詰めた顔でレナは首を横に振った。

「——やはり、隠しておくべきではないと考えました」

硬い声で、レナは自ら退路を断つ。

「そうですか。うかがいましょう」

「私の同行者のミズ・テイラーは連邦軍の士官です」

「元、ではなく現役の？」

達也《たつや》は真面目くさった表情で、白々しい質問を返した。

「はい。そして、彼女がサマルカンド行きを希望しているのは観光が目的ではなく、任務の為《ため》です」

「USNA軍の任務ですか。でしたら余計に、私は聞かない方が良《い》いと思いますが」

「いいえ、聞いてください」

素っ気ない達也《たつや》の言葉に、レナは被《かぶ》せ気味に、焦《あせ》った口調でそう言った。

「ミズ・テイラーの任務はシャスタ山で出土した石板に関係があるのです」

「黒い石板ですか？」

達也《たつや》はなおも、真面目な顔で白々しい質問を続けた。

「いえ、白い石板の方です。あの後、十六枚出土した石板は地図だったのです」

「別の石板かレリックの埋蔵場所でも、記されていましたか？」

「やや信じ難《がた》い話なのですが、解読した連邦軍の言葉によれば、シャンバラの場所を示すものでした」

「ほぅ……シャンバラがサマルカンドに？」

漏らした感嘆は、演技ではなかった。予想していたこととはいえ、石板だけで場所を特定したUSNAの実力はやはり侮《あなど》れないと感じたのだ。

「サマルカンドからブハラに掛けての地域と聞いています」

「それでミズ・テイラーはサマルカンドへ行くことに拘《こだわ》っているのですね」

そう訊《たず》ねながら達也《たつや》は、「どうやら米軍も『コンパス』を使わなければ場所の特定にも限界があるようだ……」と考えていた。

「調印式のお話は、ミズ・テイラーの任務にとって都合が良《い》いものでした」

達也《たつや》が頭の中で何を考えているのかなど全く気にせずに、レナは話を続けている。

「結果的にミスターを利用する形になってしまって、心苦しく思っています」

「いえ」

頭を下げようとするレナを、達也《たつや》はジェスチャーで押し止《とど》めた。

「私も怪しまれずにこの国へ来る用事がありましたから。利用はお互い様です」

「それは一体……？」

上半身を前に倒しかけた体勢で止まっていたレナが、身体《からだ》を起こしながら遠慮がちに訊《たず》ねる。

「将軍閣下にお目に掛かれて幸運だった、とだけ。それ以上はお話しできません」

「……そうですか」

レナはそれで、取《と》り敢《あ》えず納得したようだ。

彼女が達也《たつや》たちの真の目的に気付いた様子は、無かった。

◇◇◇

翌日の朝食後、達也《たつや》はチャンドラセカールの書斎に呼ばれた。一人でなくても良いとのことだったので、彼は深雪《みゆき》とリーナを連れて書斎に足を運んだ。

そこでチャンドラセカールから、チベットのレリックについてラース・シンに説明するという名目でウズベキスタンのカルシ・ハナバード空軍基地に飛んで、そこから秘密裏に陸路でブハラに入ってはどうか、という提案を受けた。

「車はこちらで用意します。西部は移動制限が掛かっていませんので、真夜中に出発すれば誰にも気付かれずにブハラへ行けるはずです」

「――ありがとうございます」

短い考慮の後、達也《たつや》はこの提案を受けることに決めた。

Road to Shambhala

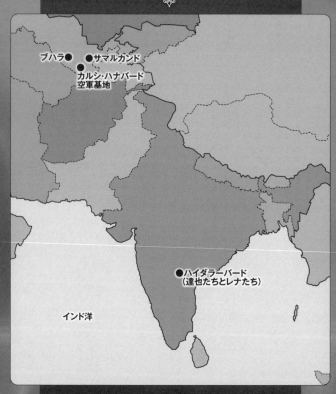

The irregular at magic high school Magian Company

【5】 潜入

「状況が確認できました。カザフスタンとの国境に近付かなければ問題無いようです」

八月七日。朝食の席でチャンドラセカールがそう告げた。これはもっぱら、イヴリンに向けたセリフだと思われる。

「ではサマルカンドに向かって良いのですね？」

同席していた皆が思ったとおり、イヴリンが真っ先に反応した。

「ええ。ただし、ガイドを付けさせてください」

「軍の方が同行するのですか……？」

こう訊《たず》ねたのはレナだ。

「アイラを付けます。彼女は軍で訓練を受けていますが、軍人ではありません」

「ミズ・シャーストリーは、博士の護衛役では？」

そう問い掛けるイヴリンは、警戒感を隠せていない。端《はた》から見ていて、達也《たつや》は「一高時代のリーナよりも未熟だな」と軽く呆《あき》れていた。

「アイラは私の生徒ですよ。正式な護衛は他にいます」

「そうなんですか!?」

イヴリンが慌てて左右を見回す。おそらく「正式な護衛」を探しているのだろう。

「ご心配なく。ドアの外に控えさせていますから」

イヴリンは決まり悪そうな顔でキョロキョロするのを止《や》めた。

くぐもった音が聞こえた。目を向けると、リーナが口を手で押さえている。おそらく噴き出すのを堪《こら》えようとして息が漏れてしまったのだろう。

イヴリンがリーナをギッ、と睨《にら》み付《つ》ける。

リーナは涼しい顔だ。

リーナがイヴリンにどういう探りの入れ方をしたのか聞いていないが、達也《たつや》の目には二人の間に感情的な反目があるように見える。相性が悪いのか、同族嫌悪《けんお》なのか。

こんなところで新たな遺恨が生まれはしないかと、達也《たつや》は少し心配になった。

「最短で明日の便が取れますが、如何《いかが》なさいます？」

チャンドラセカールがレナに問い掛ける。

「それでお願いします！」

だが透《す》かさず答えたのは、今の今までリーナを睨《にら》んでいたイヴリンだ。

まるで、先延ばしにされるのを恐れているかのような慌てぶりだった。

◇　◇　◇

朝食後、アイラが早速レナの部屋を訪ねてきた。

「よろしくお願いします。アイラと呼んでください」

「こちらこそよろしくお願いします、アイラ」

レナは見掛けこそ十六、七歳だが実年齢は三十歳、二十八歳のアイラよりも年上だ。レナは特に緊張した素振りを見せず、包容力を感じさせる微笑《ほほえ》みを浮かべてアイラに握手を求めた。

レナが浮かべた聖女の微笑《ほほえ》みに思わず見とれるアイラ。

「――？」

レナが小首を傾《かし》げる。

ハッと我を取り戻したアイラは、慌ててレナの右手を握った。

「……ミズ・フェールのことは何とお呼びすれば良いでしょうか？」

そして、こう訊《たず》ねた。

「私のことですか？　レナで――」

「レナで良《い》いですよ」と彼女は答えようとしたのだが、ちょうどその時ノックの音がした。

「ミレディ、入ってもよろしいでしょうか？」

そして扉の外からルイ・ルーの声が聞こえた。

「すみません、少し後にしてください」

レナが握手を解いて、扉の外のルイに答える。

大声を張り上げても、レナの声は心地好《ここちよ》かった。クリスタルベルのような澄み切った声ではなく、木管楽器のような柔らかな声音だ。

「失礼しました。──何か？」

レナがアイラに視線を戻すと、彼女は何かに納得したような表情を浮かべていた。

「なる程、お嬢様《ミレディ》ですか。私もそうお呼びしましょうか？」

レナの疑問に、アイラはウンウンと頷《うなず》きながらそんな応えを返す。

「レナでお願いします！」

少女のようにフルフルと首を横に振りながら、レナはアイラに訴えた。

◇◇◇

翌日、アイラを加えたレナ一行は、午前中にサマルカンドへ発《た》った。イヴリンはやたらと張り切っていたが、その浮かれようは観光目的という建前を信じても良いような気にさせる程のものだった。

　彼女たちは朝早くに屋敷《やしき》を出てハイダラーバード国際空港に向かった。それを見送った達也《たつや》たちは、途端にバタバタと荷造りを始めた。詰め込む荷物はここに持ってきた物ばかりではない。兵庫《ひょうご》がハイダラーバードでレナたちにバレないように買い集めた旅行用品もあった。

　レナの為《ため》に、と言うよりイヴリンの為《ため》にサマルカンド行きのチケットを手配する裏で、チャンドラセカールは達也《たつや》をブハラへ送り届ける準備も進めていたのだ。

　ウズベキスタンへ行くのに空路を使うのはレナたちと同じだが、達也《たつや》一行がまず向かうのは民間機用のハイダラーバード国際空港ではなく軍用機用のベーグムペート空港。これは別に、レナたちと――イヴリンと鉢合わせしないようにとの配慮ではなく、行き先が空軍基地だからだった。

「すみません。私も同行できれば良いのですが……」

「いえ、十分です。ここまで便宜を図っていただいて感謝しています」

　達也《たつや》は見送りに態々《わざわざ》門の外まで出てきたチャンドラセカールにそう御礼《おれい》を述べて、彼女の屋《や》敷《しき》を後にした。

　達也《たつや》たちを乗せた輸送機がカルシ・ハナバード空軍基地に着いたのは、その日の夕方のことだった。輸送機と言っても高級士官用の小型機だ。乗り心地は先月USNAで乗せてもらった機体よりもむしろ上だった。

到着後、達也《たつや》たちは基地から少し離れたホテルに案内された。基地の近くでは軍事攻撃に巻き込まれる恐れがあるから、と言い訳のように説明されたが、部外者を基地内に留《とど》めておきたくないという本音がバレバレだった。

もっとも、そのことに気分を害する者は、達也《たつや》一行にはいなかった。

当たり前、という認識だったからだ。

大体、基地の中や基地のすぐ近くに外国人が居座っていて平気でいる方がおかしい。幾ら国のVIPであるチャンドラセカールの紹介といえど、達也《たつや》が外国の戦闘魔法師である事実に変わりはない。警戒するのは当然だった。

それに基地から離れているホテルの方が、達也《たつや》たちにとっても都合が良《い》い。そもそもこのホテルを手配したのはシン将軍の部下ではなく、チャンドラセカールだ。観光に来る外国人富裕層の利用も多い高級ホテルで、現に今日も達也《たつや》たち以外に、そういう外国からの観光客が何人も泊まっている。見たところ、軍や警察の監視は限定的なものだった。

また、達也《たつや》たちが軍から蔑《ないがし》ろな扱いを受けたわけでもなかった。チェックインの一時間後、彼らはディナーに招かれた。

場所は基地近くのレストラン。ホストはラース・シン将軍だ。

達也《たつや》と兵庫《ひょうご》はダークスーツにネクタイを締め、深雪《みゆき》とリーナはチャンドラセカールから贈られたサルワール・カミーズ（ゆったりしたシャツに幅広パンツの組み合わせの女性用民族衣装）に着替えて招待に応じた。なお彼女たちは、ドゥパッター（ストール）は着けなかった。

一方、ラース・シンはIPU連邦軍の軍服だった。随員も皆、軍服だ。何時《いつ》でも出動できる状態だった。テーブルに酒類が見当たらないのも出動に備えてのものだろう。ウズベキスタンは飲酒に関する戒律が、伝統的にそれほど厳しくないはずだから。

ディナーの席ではチベットの話は出なかった。もっぱらIPU国内の最近の出来事と、旧イラン軍閥に対する愚痴が話題になった。また達也《たつや》は幾つか、三年前に巳焼島《みやきしま》で起こった戦闘に関する質問を受けた。

あの巳焼島《みやきしま》での戦闘は、本来ならば食事の肴《さかな》に出して良いようなものではない。だが達也《たつや》は気前よく自分の、武勇伝を語った。

もちろん使用した魔法の詳細を説明したりはしない。彼が話したのは、主に飛行戦闘服の運用方法についてだ。市街地戦において飛行戦闘服が如何《いか》に有用な戦闘ツールとなるのかを実体験を交えて説明し、シン将軍や彼の部下たちの興味を大いにかき立てた。

ラース・シンとの二度目の接触も好意的なムードで終わり、明日の面会予定を取り決めて彼らはディナーを終えた。

◇　◇　◇

サマルカンドのホテルにチェックインしてすぐ、イヴリンはレナと別行動を始めた。

わがまま、とか、薄情、とかの非難には当たらないだろう。元々彼女がレナの随員になったのはIPUに入国する為《ため》の隠《かく》れ蓑《みの》で、シャンバラの遺物を見つけ出し持ち帰ることが彼女に与えられた任務だ。

それに同情できる余地もある。イヴリンはリーナに正体を暴かれたり、達也《たつや》から聞かされた「特ダネ」を意気揚々と上官に報告して素っ気なくあしらわれたりと、この三日間でストレスを溜《た》めていた。

ずっとエリートコースを歩んできて挫折を知らなかったイヴリンにとっては、精神的に変調を来してもおかしくない状況だったのだ。——あくまでも、彼女個人にとっては、だが。

おそらく、と言うか間違いなく、イヴリンは焦《あせ》っているのだろう。彼女は日が落ちてもホテルに戻ってこなかった。その所為《せい》で、レナはイヴリンと今後の方針を話し合えずにいた。

レナにしてみれば、FAIR《フェア》のリーダーがまだ捕まっていないこの状況で余り長くバンクーバーの本部を留守にしたくない。だが、自分たちだけ帰国するわけにも行かない。

（テイラー少尉が「もう帰っても良い」と許可をしてくれれば……）

(その方が彼女も自由に動けるのだし、お互いにとってベストでしょうに……)

「レナ。何かお悩みのご様子ですが、ミズ・テイラーのことを心配されているのですか？」

その思いが苛立《いらだ》ちとなって表情に出てしまったのだろう。アイラから気遣わしげな声を掛けられた。

心配されているのは分かる。だが本当のことを打ち明けるわけにはいかない。チャンドラセカールはアイラのことを「軍で訓練を受けた」としか言わなかったが、おそらく彼女はIPUの軍人だ。USNA軍魔法師士官の不正入国を手助けしたなどと告白できるはずもなかった。

「ええ、まあ、多少は……」

作り笑いでアイラの問い掛けを誤魔化すレナ。

それをどう解釈したのか、アイラはますます相手を案ずる表情を浮かべた。

「……レナ。ミズ・テイラーのことは心配なさる必要が無いと思います。彼女は……正式な軍人なのかどうかは分かりませんが、正規の軍事訓練を受けている戦闘魔法師なのでしょう？」

アイラから見てイヴリンは、若さを差し引いても隙が多すぎる。だから「軍人なのかどうか分からない」という判断になったのだが、それでもイヴリンが強力な戦闘魔法師であることは、アイラには一目瞭然だった。

「私は、仲間になりたいと言ってくれる魔法師の職業も経歴も、問わないことにしています。……さすがに現役の犯罪者は、お断りしていますが」

アイラの「戦闘魔法師なのか」という質問の形を取った確認のセリフに、レナはアルカイックスマイルを浮かべながら、ゆっくりと、明瞭な発音で答えた。

実を言えばレナは、笑顔の裏で酷《ひど》く動揺していた。その所為《せい》で笑みが、表情の乏しいものになってしまっている。それが結果的に「愛想笑《あいそわら》い」を「アルカイックスマイル」にしていた。また、動揺で口調が乱れないように意識しすぎた結果、必要以上に落ち着いてきっぱりとした物言いになっていた。

——それがアイラの目には、「魔法師の人権保護」の理念に殉じる強い意志の表れに映った。

はっきり言って、勘違いである。

だがそれを自ら正《ただ》す動機と洞察力は、この時のアイラには無かった。

◇◇◇

大戦前は中央アメリカと呼ばれたUSNA東メキシコ州（テワンテペク地峡からユカタン半島に掛けての地域）はそろそろランチの時間を迎えていた。カリフォルニア州リッチモンドを出航した小型貨物船の上でも船員と乗客に昼食が配られていた。

貨物船なのに乗客がいるのは、彼女が密航者だからだ。FAIR《フェア》のサブリーダー、ローラ・シモンは大亜連合《だいあれんごう》軍の魔法師工作部隊『八仙《はっせん》』の一人『ルゥ・ドンビン』の手引きで大陸西沿岸をここまで南下してきたのだった。

リーダーのロッキー・ディーンはリッチモンドの隠れ家に潜んだままだ。潜伏に必要な資金はルゥ・ドンビンを通じて大亜連合《だいあれんごう》から提供されている。「地獄の沙汰も金次第」の諺《ことわざ》どおり、十分な資金があれば大抵のことは何とかなる。特に、市民の権利が手厚く保護されている社会では。

ローラが船に乗っているのは、指名手配を受けている為《ため》に航空機を利用することが困難だったからだ。『八仙《はっせん》』の力を以《もっ》てしても、騒ぎを起こさずに指名手配犯を航空機で出国させるのは難しかった。

ローラはこのままテワンテペク運河——所謂《いわゆる》『第二パナマ運河』はニカラグアではなくテワンテペク地峡に掘られた——を抜けてメキシコ湾、そしてカリブ海に向かう予定だ。

目的地は昔のベネズエラのカリブ海沿岸にあるマイケティア空港、大戦前の正式名称はシモン・ボリバル国際空港。

旧ベネズエラ首都・カラカスから北方、海に掛けての一帯を治める地方政府は大亜連合《だいあれんごう》の影響下にある。あくまでも「影響下」というだけで軍を派遣するとかミサイルを配備するとかは不可能だ。そんなことをすればＵＳＮＡが黙っていない。

だがＵＳＮＡの官憲の手が及ばない土地ではある。マイケティア空港からなら、ローラを航空機に乗せることが可能だ。

行き先はまずシンガポール。そこから偽造パスポートを使って日本に入国する。それがローラに同行しているルゥ・ドンビンのプランだった。

◇◇◇

八月九日の午前。達也《たつや》はラース・シン将軍に招かれて、再びカルシ・ハナバード空軍基地を訪れた。同行者は兵庫《ひょうご》一人。深雪《みゆき》とリーナはホテルでお留守番だ。

「――観光でラサを訪れた我々の協力者が、ポタラ宮殿が建っている丘の地下にレリックに似た波動を放つ物体を多数感知したのです」

達也《たつや》はラサの埋蔵物を発見した経緯について、このように説明した。

「日本人がラサに？」

シン将軍は意外感を隠そうともしない。腹芸ができないのではなく、これは交渉の手管《てくだ》だろう。少なくとも達也《たつや》はそう感じた。

「日本人ではありません」

「四葉《よつば》の手が伸びているのは、日本国内だけではないのだな……。本当に観光だったのかね？」

「情報収集の意図があったのは認めますが、レリックを目的としたものではありません」

「偶然なのだな？」

「そのとおりです、閣下」

シンはそれ以上追及しなかった。達也《たつや》の言葉に偽りを見出《みいだ》せなかったからだ。

事実、達也《たつや》は嘘《うそ》を吐《つ》いていない。光宣《みのる》は死亡したものとして日本国籍を失っているし、彼がチベットに降りた目的はシャンバラの遺跡だ。そこに埋まっている物はレリックかもしれないが、レリック自体を探していたのではない。

口にしていない思惑はあるが、達也《たつや》がそこまで口にする必要は無いだろう。この手の駆け引きは、そういうものだ。

「ポタラ宮殿の下に多数のレリックが埋まっているという話は、どの程度信用できるのだ？」

「埋まっているのか貯蔵されているのかは分かりませんが、レリックの存在自体は疑っていません」

「ラサに潜入した者は、それ程の手練《てだ》れということか」

「総合的な魔法の実力は、確実に私を上回ります」

これも達也《たつや》の本音だ。自分が光宣《みのる》に勝てたのは、魔法以外の戦闘技術と戦闘経験が勝っていたからだと達也《たつや》は考えていた。

「フム……。貴殿がそこまで言うのであれば、レリックはあるのだろう。——それを儂《わし》らが独占しても良いのかね？」

　このラース・シンの問い掛けに、達也《たつや》は「意外なことを言われた」というような戸惑い気味の笑みを浮かべた。

「私が入手できる可能性の無い物です。大亜連合《だいあれんごう》の手に渡るよりは、貴国が入手される方が良《い》いと考えています」

「それもそうか」

　肉体的な衰えが少しも見られない老将軍が破顔した。

　しかしすぐに笑みを消し、達也《たつや》に貫くような視線を向ける。

「一つ、率直に答えてもらいたいのだが」

「何でしょうか」

　無論、その程度で萎縮する達也《たつや》ではない。そんな可愛《かわい》げとは、彼は無縁だ。

　達也《たつや》はラース・シンの目を真《ま》っ直《す》ぐに見返した。

「貴殿は儂《わし》らと大亜連合《だいあれんごう》がチベットを巡って衝突することを望んでいるのではないか？」

　達也《たつや》の顔は笑みのない戸惑いの表情に占められた。

「貴国と大亜連合《だいあれんごう》は以前からチベットを巡って争っておいでだと認識していましたが……、チベットからは既に手を引かれていたのですか？」

「……確かにそうだ。すまぬ、詮の無いことを言った」

　達也《たつや》の反問に、シン将軍は苦笑いを漏らした。

◇◇◇

達也《たつや》たちが泊まったホテルは外国人富裕層の利用が多いだけあって、宿泊客のプライバシー保護には軍も気を遣っているようだった。

ＩＰＵは大亜連合《だいあれんごう》に対抗して自由主義陣営を名乗っている。外国から監視社会と非難されるのは避けたいところなのだろう。

その御蔭《おかげ》で、達也《たつや》一行は予定どおりホテルを抜け出すことができた。

ラース・シン将軍との対談を無難に終えた翌日の未明、達也《たつや》は深雪《みゆき》たちと共にチャンドラセカールがホテルに用意していた自走車に乗ってカルシの街を後にした。そのまま休みなく車を走らせ、夜が明ける前にブハラの手前、カガンに到着した。

「タツヤ、これからどうするの？　取《と》り敢《あ》えずホテルを取る？」

ハンドルを握る兵庫《ひょうご》に言ってカガンの郊外で車を止めさせた達也《たつや》にリーナが訊《たず》ねた。

チャンドラセカールが用意した自走車はワゴンタイプのキャンピングカーだが、男女四人で泊まるには狭すぎる。それに達也《たつや》と深雪《みゆき》だけならともかく、リーナと兵庫《ひょうご》が一緒だ。ホテルの部屋を確保するという提案は常識的なものだった。

「その前に必要な物を取り寄せる」

「必要な物？」

「達也《たつや》様、取り寄せると仰《おっしゃ》いましても、一体何処《どこ》から……」

リーナと深雪《みゆき》が口々に疑問を述べる。

達也《たつや》は荷物の中から小型通信機程度の大きさの機械を取り出して車を降りた。

全員がそれに続く。

達也《たつや》が車を止めさせた道の横は、平坦《へいたん》な空き地になっていた。それこそキャンプでも行えそうな感じだ。

もちろん達也《たつや》の目的は、キャンプではなかった。

彼は機械を持っていない右腕をサッと水平に振った。その直前に一瞬だけ、彼の右手首の周りに起動式が出力されていた。それはほんの一瞬だったが、深雪《みゆき》もリーナも見逃さなかった。

だから次の瞬間起こった変化を目の当《まあ》たりにしても、彼女たちは「達也《たつや》が魔法を使ったのだな」と思うだけで驚きはしなかった。

達也《たつや》が腕を振った直後、彼の前の土地がおよそ直径二十メートルの円状に均《なら》されていた。

次に達也《たつや》が左手に持つ小型機械を操作する。

想子《サイオン》が注《そそ》ぎ込まれ起動式が出力されたから、その機械がＣＡＤだと分かった。本当に通信機だったならば小型だが、ＣＡＤとしてはかなり大きい。起動式の出力にそれだけの計算力《マシンパワー》が必要になるということは、達也《たつや》はかなり複雑な魔法を使おうとしているのに違いなかった。

興味深く見詰めている深雪《みゆき》とリーナの前で、魔法はすぐに発動した。

平らに整地された土の上に光の線が走る。

物理的な光ではない。想子光《サイオン》の線だ。

無数の想子光《サイオン》が交差し、地面に複雑な幾何学模様を描いた。

「……これは、魔法陣ですか？」

深雪《みゆき》の問い掛けに、達也《たつや》は「そうだ」と頷《うなず》く。

「特に何かの作用をしているという感じはしないけど……誘導？　いえ、違うわね……」

リーナが質問とも独り言とも取れるセリフを呟《つぶや》く。

「良《い》い線をいっている」

その呟《つぶや》きにも、達也《たつや》は応えを返した。

「この魔法陣は魔法の照準を補助するものだ。この魔法陣を狙って魔法を発動する魔法師は、全く知らない場所であっても『距離』を近く感じる」

魔法の成功率、魔法が要求する事象干渉力は、物理的な距離ではなく情報的な距離に左右される。目に見えない程の遠方であっても術者が熟知している場所や物であれば魔法の成功率は上がるし、手が届くほどの近距離であっても詳細が良く分からない物は魔法で干渉しにくい。

達也《たつや》が言っているのは、彼が描いた魔法陣をターゲットにすれば未知の土地や建物でも、術者に馴染《なじ》みがある場所と同じように魔法が使えるという意味だった。

「達也《たつや》様。これはもしかして——」

深雪《みゆき》が推理を言い終える前に、答えは降りてきた。

達也《たつや》が描いた魔法陣の上に立つ人影。一瞬で現れたことに驚く者はこの場にいない。深雪《みゆき》もリーナも、すぐに［疑似瞬間移動］でやって来たのだと理解した。「何処《どこ》から」という疑問も無い。彼女の顔を見れば、答えは明らかだった。

「おはようございます、皆様」

半袖ワンピースにエプロンを着けた少女が、正面にいる達也《たつや》に向かって丁寧にお辞儀をする。

「水波《みなみ》が来てくれたのか。ご苦労様」

魔法陣を目掛けて衛星軌道から降りてきたのは水波《みなみ》だった。

「大切なお届け物ですので、光宣《みのる》様には高千穂《たかちほ》からのアシストをお願いしております」

「アシストって？」

リーナの質問は水波《みなみ》に対するものではなく、横にいる深雪《みゆき》へ向けられている。

「光宣《みのる》君が高千穂《たかちほ》で［仮想衛星エレベーター］を動かして水波《みなみ》ちゃんを地上に降ろしたのだと思うわ」

［仮想衛星エレベーター］は地上と衛星軌道上の高千穂《たかちほ》を往《ゆ》き来《き》する為《ため》に、刻印魔法陣を利用する形で特別にチューニングされた［疑似瞬間移動］の魔法だ。

「多分、帰りも光宣《みのる》君が引き上げてくれるのでしょう」

深雪《みゆき》の答えにリーナが小首を傾《かし》げる。

「でも、ミナミは自分独《ひと》りで［仮想衛星エレベーター］を使えるんじゃなかったっけ」

「自分ではシールドを張りながら、他の人に飛ばしてもらう方が安全でしょう？」

今度は、深雪《みゆき》の答えにリーナは納得顔で頷《うなず》いた。

［疑似瞬間移動］の際には、移動する人・物を空気の繭で包む。つまり［疑似瞬間移動］自体に対象をシールドで保護する機能が組み込まれているのだが、これはあくまでも真空から保護する為《ため》のものだ。障碍《しょうがい》物は想定していない。

対物障壁を張りながら移動するとなると、［疑似瞬間移動］と［対物障壁］の同時発動《パラレル・キャスト》になり、単に移動するだけの場合に比べて術者の負担が増える。

パラサイト化した水波《みなみ》のスペックからすれば重荷とは言えない負担だが、そこは光宣《みのる》の思い遣りと解《かい》すべきなのだろう。いや、甘やかしと言う方が適切かもしれない。

深雪《みゆき》とリーナの問答に、達也《たつや》も水波《みなみ》も口を挿《はさ》まなかった。一つには深雪《みゆき》の答えが正解だったからだが、主に本題の荷物の受け渡しを行っていたからだ。

水波《みなみ》は大きめのスーツケースを持ってきていた。達也《たつや》は彼女の手からそれを受け取り、中身を確かめもせずに兵庫《ひょうご》へ渡す。兵庫《ひょうご》はスーツケースをキャンピングカーの車内に持って行った。

「確かに受け取った。光宣《みのる》にも礼を言っておいてくれ」

「もし不都合がございましたらすぐにお取り替え致します」

「大丈夫と思うが、分かった」

「はい。それでは達也《たつや》様。深雪《みゆき》様とリーナ様も、失礼致します」

水波《みなみ》が丁寧にお辞儀をする。

「ミナミ、ご苦労様」

「水波《みなみ》ちゃん、またね。今度はお茶でも飲みながらゆっくりお話ししましょう」

顔を上げた水波《みなみ》をリーナが労《ねぎら》い、深雪《みゆき》が別れを惜しむ。

水波《みなみ》はもう一度お辞儀をして、まだ維持されている魔法陣の中心に立った。

絶妙にコントロールされた魔法式が水波《みなみ》を捉え、彼女の身体《からだ》は目にも留まらぬ速さで空へ、宇宙へと翔《か》け昇った。

◇　◇　◇

「で、何を頼んだの、タツヤ？」

水波《みなみ》が宇宙に戻り達也《たつや》が魔法陣を消すのを見届けて、リーナが抑えていた好奇心を解放する。

深雪《みゆき》も同じ疑問を懐《いだ》いていたので、リーナの性急さを咎《とが》めなかった。

「見てもらった方が早い」

そう言って達也《たつや》はキャンピングカーに足を向ける。

リーナは大人しくその後に続いた。

もちろん、深雪《みゆき》も。


車内に戻った深雪《みゆき》とリーナは、ロングシートに並んで座りテーブルを前にしている。達也《たつや》は彼女たちの向かい側だ。

兵庫《ひょうご》が達也《たつや》の指示に従い、床に置いたスーツケースから四角に折り畳まれた布状の物と、大きなフェイスシールドのような物を取り出しテーブルに置く。

「これは？」

「スキンタイトタイプの宇宙服だ」

スキンタイト《skintight》とはその名のとおり、身体《からだ》に密着するタイプの衣服のことだ。ボディラインを強調するスキンタイトドレスなどがその代表的な例として挙げられる。

宇宙服をスキンタイトタイプにすることには、宇宙服と身体《からだ》の隙間に空気が入り込んで真空の宇宙で膨張し身体《からだ》の動きを妨げることを防止するというメリットがある。

「宇宙服？　これが？　ヘルメットは？」

「有害な宇宙線や紫外線を防ぐ為《ため》なら、ハード素材のヘルメットである必要は無い。気密さえ確保できればフードやマスクで十分だ」

「そんなものなの……？」

納得したようには見えなかったが、リーナからそれ以上疑問の声は無かった。

「達也《たつや》様。宇宙服をご用意なさっているのは、今回のミッションに高千穂《たかちほ》を利用する為《ため》でしょうか？」

口を閉ざしたリーナに代わって、深雪《みゆき》が達也《たつや》に質問する。

「そのつもりだ。深雪《みゆき》とリーナは宇宙服を着なくても魔法シールドだけで支障は無いだろうが、念の為《ため》に取り寄せた」

「見たところ三人分しかありませんが……？」

「兵庫《ひょうご》さんには、申し訳ないが地上に残ってもらう」

「私は地上で一仕事しなければなりませんので」

達也《たつや》のセリフを受けて、兵庫《ひょうご》が笑顔で付け加えた。

「それに私一人ならば、匿《かくま》ってくれる友人はこの国にも隣の国にもいますから」

「そうなのですね……」

予想を超える兵庫《ひょうご》の人脈に、深雪《みゆき》は感心するしかなかった。

◇◇◇

無事サマルカンドに潜入したイヴリンだが、一人で何処《どこ》にあるのか分からない遺跡を探し出すのは不可能だ。彼女をここに派遣したカノープスも、イヴリン本人もそんなことが可能とは最初から考えていない。

彼女がサマルカンドでまず行ったのは、ウズベキスタンで活動しているUSNAの情報員と接触することだった。USNAの公使館が置かれているのは旧首都タシュケントだが、サマルカンドとタシュケントは高速鉄道で結ばれている。情報員をサマルカンドに送り込むのは、USNAにとって難しいことではなかった。

実を言えばスターズ総司令のカノープスには、シャンバラの遺跡を本気で探す意思は無い。仮にレリックやそれを上回る遺物が見付かっても、IPUとの友好関係にひびを入れてまでUSNAに持ち帰るのは割に合わないと、彼は現実的に考えていた。

それにイヴリンは、遺跡探索に向いた特別な能力を持っているわけではなかった。それどころか通常の捜索任務にも適性が高いとは言えない。

彼女は微小領域に干渉が可能という特殊な魔法特性の持ち主だが、広範囲に魔法的知覚を及ぼすのは逆に苦手としている。つまり、遺跡探索にはむしろ向いていない。

この真相を知れば彼女は気を悪くするに違いないのだが、シャンバラの探索はむしろ「ついで」だ。今回のミッションは、イヴリンに経験を積ませることが主たる目的だった。上官や先輩がいない状況で最適の判断を下して行動する。謂《い》わば、その実戦練習だったのだ。

そういう背景があったので、イヴリンが接触した情報員も一流の人材とは言えなかった。能力的に不足はない。だが不測の事態に対応するには、少々力不足が否《いな》めなかった。半分はその所為《せい》でもあったのだろう。サマルカンド三日目の昼間、イヴリンは思い掛けないピンチに陥っていた。

この街に着いてからずっと、イヴリンはレナと別行動を取っている。観光ガイドに扮《ふん》した情報員の案内で朝から市内の史跡を歩き回っていた。

サマルカンドの史跡はイスラム文化流入後の物が多い。地上の構造物にシャンバラの手掛かりが残されている可能性は低いとイヴリンも考えていた。だが宗教的な建造物は、異教――それ以前の宗教的な権威を塗り潰す形で築かれることが多い。地上に手掛かりは無くても、その場所に立てば何かが分かるのではないかと彼女は思ったのだ。

藁《わら》を摑《つか》むような話だと自覚はしていたが、「白い石板」の分析だけでは「サマルカンドからブハラに掛けての地域」としか分からなかった。彼女には他の調査方法を考え出せなかった。

異変に気付いたのはレストランでランチを待っている最中だった。

「……何だか、見られていませんか？」

向かいの席に座った情報員に、イヴリンは小声で訊《たず》ねた。

「監視されているようですね」

「やはりアメリカ人が珍しくて見られているのではないのですね……」

イヴリンはチョコレートブラウンの髪にダークブルーの瞳。中央アジアではそれほど珍しくない組み合わせだ。体型を隠す服を着て埃《ほこり》よけのストールを頭から被《かぶ》っているので、容貌や体型で目立つというのも考えにくい。ガイド役の情報員はイラン系の中年男性で、地元の人間と区別が付かない容姿だ。外見で人目を惹《ひ》いている可能性は、最初から低かった。

「何者でしょうか？」

「ＩＰＵ当局の人間ではないと思います」

イヴリンに意見を求められた情報員は、慎重な口振りで答えた。

本当のところを言えば、情報員の男には視線の正体が分かっていない。ＩＰＵの監視ではないというのも単なる推測だ。だがこの男は、支援スタッフたるもの曖昧な報告で戦闘員を不安にさせてはならないという誤った信念に凝り固まっていた。いや、マニュアルの一部を曲解して実践していた。

「では外国の工作員ですか？　新ソ連？　大亜《だいあ》連合《れんごう》？　まさか、日本とか？」

「落ち着いてください少尉。ここで騒ぎを起こすのはまずい」

小声でたしなめられてイヴリンが口を閉ざす。

「とにかく今は、何事も無かったように食事を終わらせてこの店を出ましょう」

男の言葉に、イヴリンは小さく頷《うなず》いた。

慌てていない素振りを装《よそお》う為《ため》に何時《いつ》もよりゆっくりと昼食を終えて、イヴリンはレストランを出た。彼女は情報員の案内に従い、人気《にんき》が無い＝人気《ひとけ》が無いマイナーな史跡に移動した。

「付いてきていますか？」

イヴリンが情報員に尾行の有無を訊《たず》ねる。

「人数が増えています」

回答は、無情なものだった。

「迎え撃ちます。場所を」

イヴリンはそう言いながらショルダーポーチから板状のＣＡＤを取り出してスイッチを入れ、ポンチョのようにゆったりしたシャツの左脇に作った隠しポケットにしまう。ついでに片方掛けにしていたポーチを斜め掛けに提《さ》げ直した。

彼女がポーチから取り出したＣＡＤは完全思考操作型だ。ポケットにしまっても使用上の問題は無い。

「漏れがあるかもしれませんが」

「分かっているだけで構いません」

責任逃れの臭いがする情報員の回答に、イヴリンは苛立《いらだ》ちを抑えて免責を与える。

「右後方二つ目の建物の陰、左後方三つ目のモニュメントの後ろ……」

そんな感じで情報員が指し示した尾行は、全部で四人いた。

イヴリンはその四人目掛けて、一斉に魔法を放った。

◇◇◇

「閣下、お耳に入れたいことが」

カルシ・ハナバード空軍基地の司令官室を本来の基地司令から譲られたラース・シン将軍は、司令官席で幕僚の一人から耳打ちを受けた。

「――すぐに動かせる魔法師戦闘員はいるか?」

幕僚の話を聞き終えた将軍は、強い語調で副官に訊《たず》ねた。

「サプタ・リシの『アリオト』と『フェクダ』が当基地に待機しております」

『サプタ・リシ』はIPU連邦軍魔法師特殊部隊の名称だが、元々はヒンドゥー神話に伝わる七人の聖仙《リシ》のことだ。大亜連合《だいあれんごう》の『八仙《はっせん》』と似た命名方法と言える。

ただ『八仙《はっせん》』が伝説の仙人の個人名をそのままコードネームに使用しているのに対して、

『サプタ・リシ』は北斗七星の国際名をコードネームとしている。

これは、一つには神話の中で元々『サプタ・リシ』が北斗七星と同一視されているからでもあるが、より大きな理由としてIPUが連邦国家であると同時にインドとイランの連合国家であるという事情が絡《から》んでいる。

『サプタ・リシ』の七人はインド出身の魔法師で構成されている。またその主な任務は東方に――大亜連合《だいあれんごう》に備えることだ。必然的に、作戦地域もインドやその近隣となる。そのような事情があるので部隊名もヒンドゥー神話に因《ちな》んだ名称が採用されているのだが、各隊員のコードネームまでヒンドゥー語を使用するのは旧イラン派閥からの反発が強かったのである。

「二人を即刻、サマルカンドに向かわせろ。何処《どこ》かの馬鹿が市内で魔法戦闘を行っている。市民に被害が出る前に鎮圧するのだ」

「了解しました！」

インド方面を主な作戦地域とする『サプタ・リシ』は旧インド軍を掌握しているラース・シンの実質的な指揮下にある。だが形式上は連邦軍総司令官直属だ。一応、出動要請という形を取らなければならない。

副官が速歩《はやあし》で司令官室を出て行ったのは、その体裁を整える為《ため》だった。

◇◇◇

影絵の犬が立体化したような濃淡が無い漆黒の四足獣に、イヴリンは純粋な圧力の弾丸を連射した。日本の吉祥寺真紅郎《きちじょうじしんくろう》が発見した「基本コード：加圧系プラス」を基に彼女が自分で組み上げたオリジナル魔法「プレッシャー・ブリット」だ。

吉祥寺真紅郎《きちじょうじしんくろう》の「インビジブル・ブリット」と基本的に同じ魔法だが、「プレッシャー・ブリット」は最初から連射を前提に作られている点が異なっている。それもフルオート連射ではなくセミオート連射に近い。あらかじめ数発の「弾丸」を待機させておいて、任意のタイミングで任意のターゲットに撃ち出す、一種の遅延発動術式になっている。

圧力の弾丸を受けた影の獣が存在を薄れさせ消滅した。しかしすぐに、次の攻撃に曝《さら》される。

今度は立体化した鴉《からす》の影絵だった。

「一体何時《いつ》まで逃げれば良いのですか⁉」

走りながら影絵の鴉《からす》を撃ち落としたイヴリンが泣き言を漏らす。彼女はかれこれ三十分以上逃げ回っていた。これがドラマや映画なら都合良く車輛《しゃりょう》が手に入るところだが、イヴリンたちは逆に自走車を敵の攻撃で失っている。そろそろ肉体的な疲労も無視できなくなっていた。

「化成体を使った攻撃。敵は大亜連合《だいあれんごう》の工作員で間違いないでしょう」

迎撃をイヴリンに丸投げしている情報員が訳知り顔で解説した。

「そんなことは分かっています！　それより本体の居場所はまだ分からないのですか⁉」

「申し訳ありません。敵の移動速度が速く、追尾が追い付かない状態です」

「使いものにならない機械ですね！　敵はバイクにでも乗っているのですか⁉　事故を起こして死ねば良《い》いのに！」

イヴリンは携帯型想子《サイオン》探知機の性能に悪態を吐《つ》き、自分と違って乗り物で楽をしている敵に呪詛《じゅそ》を吐《は》いた。

彼女は逃走が始まってからずっと、威力を抑えた魔法しか使っていない。今回の任務の性質上、市民や建物に損害を出すわけにはいかないからだ。

イヴリンは戦略級魔法こそ使えないが、戦術級魔法のレパートリーは両手の指に余る。その中には半径一キロの領域にある固体を崩壊させる［能動空中機雷《アクティブ・エアー・マイン》］の強化版もあった。三年前にアフリカのギニア湾岸地域で使用された［能動空中機雷《アクティブ・エアー・マイン》］より威力も範囲もさらに強化された魔法だ。

それを使えば、隠れている魔法師を一網打尽にできるだろう。その代わりに街と住民が巻き添えになる。

勝つ手段があるのに逃げ回らなければならない現実が、イヴリンを余計に苛立《いらだ》たせていた。

◇◇◇

サマルカンド市内で魔法師同士の小競り合いが起きているという情報は、レナと一緒にホテルにこもっているアイラの耳にも入っていた。連邦軍の予備役魔法師として登録されているアイラに「関わるな」と注意喚起のメールが届いたのだ。

アイラに対して出動命令が掛からなかったのはまず第一に彼女が正式な軍人ではないからだが、彼女の魔法が大規模・大威力のものであるという面も大きい。戦略級魔法師として公認されていなくても、アイラが「アグニ・ダウンバースト」を使えるかもしれないという噂は、戦闘魔法師を管理する立場の士官ならば大抵知っていた。

「レナ、少しよろしいですか?」

ティータイムを過ごしているラウンジで、アイラはレナに顔を近付けて囁《ささや》いた。

「アイラ、どうしました?」

「内密にお伝えしたいことがあります。部屋に戻っていただけないでしょうか」

「分かりました」

レナは悩まなかった。元々お茶菓子は少量しか頼んでいなかったし、それらは既に片付いている。彼女は三分の一ほど中身が残ったティーポットをそのままにして椅子から立ち上がった。

「魔法師同士の市街戦、ですか？」

アイラの話を聞いたレナは「ピンと来ない」という表情を浮かべた。「市街地で戦闘が起こるなんてあり得ない」などと平和ボケに冒《おか》されているのではない。逆に、市街戦が勃発したならもっと騒動になるのではないかと疑問を覚えたのだ。

「市街戦といえば市街戦ですが、被害は限定的です。双方が使用する魔法を、効果が絞り込まれたものに限定している為《ため》ではないか、とのことです」

「市民に被害が及ばないように戦っているのですか。しかし……」

レナが憂いに眉を曇らせる。

「……ええ。それが何時《いつ》まで続くのか分かりません」

つられたのか、アイラも憂い顔になった。だが彼女はすぐに気を取り直して話を続ける。ここから先が本題だった。

「――実は、小競《こぜ》り合《あ》いの一方の当事者がどうやら、ミズ・テイラーのようなのです」

「えっ、本当ですか!?」

驚きが憂いを上回ったのか、レナは顰《ひそ》めていた眉を上げ、目を丸くしてアイラを見返した。

「おそらく、ですが」

「でも可能性は高いのですよね？」

アイラの答えを聞いて、レナが座っていたベッドから勢い良く立ち上がる。

「はい」

「レナ？」

アイラも椅子から立ち上がった。

「ミズ・テイラーを捜しに行かなければなりません！」

「はぁ？　いえ、確かに放ってはおけないかもしれませんが……」

「市街戦など、とんでもないことです。すぐに止めて差し上げなければ！　アイラ、手伝ってもらえますか？」

ごく自然体で「手伝って欲しい」とレナが言う。アイラはそれを、新鮮に感じた。

「はい、お手伝いします」

少女のような外見を持つレナの、少女のように人の善意を真《ま》っ直《す》ぐに信じる眼差《まなざ》し。

アイラはこの時、レナの少女性に絆《ほだ》されていた。

◇◇◇

朝になってブハラで宿を取った達也《たつや》一行は、正午を過ぎて活動を開始した。

兵庫《ひょうご》以外の三人は人造レリックに保存した認識阻害魔法［アイドネウス］を纏《まと》って、まず市街地を見て回った。

　徒歩では効率が悪いので、最初に見付けたバザールで自転車を買う。昔はウズベキスタンの自転車にはブレーキが付いていないという話だったが、さすがに今はもうそんなことはなかった。なお深雪《みゆき》もリーナも、自転車かバイクに乗ることを見越してワイドパンツを穿《は》いていた。

　一時間ほど自転車で走り回って、『チャイハナ』と呼ばれるカフェで休憩を取る。その最中に突然、監視の目が外れた。

　ホテルを出た時から監視されていたことには、全員が気付いていた。自分たちが何者かを知られた上での監視ではない。もしそうなら、もっと厳重な監視態勢が敷かれていたに違いない。「アイドネウス」は誰なのかを認識させない魔法で、姿を変える効果は無い。顔も体型も分からなくなるが服装は認識できる。達也《たつや》たちは敢《あ》えて現地の人々に服装を似せていなかった。観光客を装《よそお》った方が、色々とボロが出ないと考えた結果だ。

　カザフスタンとの国境で緊張状態が続いている所為《せい》で、外国人に対する警戒を強めているのだろうと思われた。

「……何があったのでしょう？」

　その監視が、いきなりいなくなったのだ。深雪《みゆき》が不安を覚えるのも無理はない。

「余所《よそ》で大きなトラブルが発生したのだろうな」

　達也《たつや》が宥《なだ》める口調で深雪《みゆき》の問いに答える。

「別の街でってこと？」

今度はリーナが達也《たつや》に訊《たず》ねた。

「近くで騒動が発生している気配は無い」

断定はしなかったが、達也《たつや》の答えはリーナの言葉を間接的に肯定するものだった。

「調べてみます。少々お待ちください」

兵庫《ひょうご》がそう言って衛星通信端末を手に立ち上がった。

兵庫《ひょうご》は五分足らずでテーブルに戻ってきた。

「達也《たつや》様のお考えどおりでした」

席に着くなり、兵庫《ひょうご》は早速報告を始める。

「約一時間前からサマルカンドで魔法師《メイジスト》同士の小規模な戦闘が続いております。その鎮圧の為《ため》に人員を移動させているのでしょう」

「外国の工作員が摘発されたのですか？」

「いいえ、深雪《みゆき》様。ＩＰＵの魔法師《メイジスト》と外国の魔法師《メイジスト》の戦いではなく、外国人魔法師《メイジスト》同士の戦いです」

深雪《みゆき》の質問に、兵庫《ひょうご》は首を横に振った。

「工作員同士の衝突……？　それでよく、小規模な戦闘に留まっているわね」

リーナが独り言のように疑問を口にする。

「確実な情報ではありませんが、どうやらイヴリン・テイラーが大亜《だいあ》連合《れんごう》の工作員に追われているようです」

「何をやっているのよ……」

兵庫《ひょうご》が付け加えたセリフに、リーナが苛立《いらだ》たしげな呟《つぶや》きを漏らす。

「監視が外れたのは、俺たちにとっては好都合だ」

「そうですね。調査がやりやすくなります」

達也《たつや》は冷徹に損得を指摘し、深雪《みゆき》はそれに頷《うなず》いた。

◇　◇　◇

レナはアイラとルイ・ルーを連れてホテルを出た。五分ほど歩いた所にレンタカー店があったので、アイラが小型車を借りた。

運転席にはアイラが座った。サマルカンドはそれなりに都会だが、自動運転中央管制システムは未整備だ。運転手が要る。アイラもウズベキスタンには土地勘が無い。だがＩＰＵの交通規則に慣れている分、ルイ・ルーよりも適任だ。

ルイは助手席に座った。レナは助手席に座りたがっていたが、アイラとルイが揃《そろ》って反対した。

レナは後部座席で瞼《まぶた》を半ば閉じ、両手を腰の前で組んでいる。指を組み合わせ掌《てのひら》を合わせる「祈り」のポーズだ。

「……正面から右に約六十度の方向に向かってください。距離はおよそ一マイルです」

目を半眼にしたままレナが告げる。

その指示に従ってアイラはアクセルを踏んだ。

それから三度レナの指示は変わり、その都度アイラはルートを変えた。そして三度目のルート変更のおよそ五分後、三人を乗せた小型車は魔法戦闘の直中《ただなか》に突っ込んだ。

車の左側から黒一色の犬――のようなものの群れが迫る。

助手席のルイはそれを間近に見て「間に合わない！」と心の中で叫んだ。

だが黒い獣の群れは、車の右側から放たれた銃撃によって塵《ちり》と消えた。

「あそこにミズ・テイラーが！」

レナが叫びながら魔法の銃弾が放たれた建物の角を指差す。

バックミラーでそれを見たアイラは、右に急ハンドルを切った。

彼女は同時に、自走車を領域干渉で包み込んだ。

戦略級魔法師の事象干渉力が、影でできた虻《あぶ》の大群を無に還《かえ》す。

自走車が急停止する。

その横、建物の陰にはイヴリンが隠れていた。

彼女は一人だった。一緒に行動していた情報員はいない。逃げている最中にはぐれたのか、それとも意識的に別行動を選んだのか。あるいは——見捨てられたのか。

「ミズ・テイラー、乗ってください！」

レナがドアを開けて大声で呼び掛ける。

イヴリンの顔に浮かぶ、迷いの表情。

その隙を、化成体の使い魔を操る敵の魔法師は見逃さなかった。

影ではなく、紙でできた小さな鷹《たか》がイヴリンに襲い掛かる。

いち早くそれに気付いたのはレナだった。

魔法で動かされる猛禽《もうきん》に対して、意識の焦点を拡散させる魔法を行使する。

精神干渉系魔法［デフューザー］。

対象は個人。意識を集中している対象物を媒介にして精神の緊張を弛緩《しかん》させる魔法。

レナの魔法は、概して、人に優しい。

だが優しさは時に、行く手を遮る強力な障碍《しょうがい》となる。

意識の焦点を当てていた使い魔に行使された［デフューザー］は、術者の緊張を奪い魔法を破綻させた。

何処《どこ》までも優しく、何処《どこ》までも強い。

傷つける強さではなく、傷つけられない強さ。

その魔法を目撃したアイラは、感動を覚えていた。


カルシ・ハナバード空軍基地から派遣された『サプタ・リシ』のアリオトとフェクダの二人がサマルカンドに到着した時には既に、魔法師同士の小競《こぜ》り合《あ》いは終わっていた。騒動を起こした当事者の姿は双方とも既に無く、その正体は不明だった。

より大規模な市街戦勃発を恐れて、アリオトとフェクダはしばらくサマルカンドに留まることを余儀なくされた。

◇◇◇

ブハラの一日目は市街地を一周するだけで終わった。

だが成果が無かったからといって、達也《たつや》は特に失望も焦《あせ》りも感じていなかった。

人里離れた秘境ならともかくブハラは古くから多くの人が住む都市だ。そう簡単に見付かるものなら、シャンバラの痕跡は既に発見されていなければおかしい。

それに今日は始動したのが午後になってからということもあり、最初から大まかな地理把握が目的だった。本格的な調査は明日から行う予定だ。

　ホテルはツインを二部屋取った。部屋割りは達也《たつや》と兵庫《ひょうご》、深雪《みゆき》とリーナだ。深雪《みゆき》も特に、部屋割りに対する不平は唱えなかった。

　ホテルのレストランで夕食を終えて部屋に戻った直後、衛星電話の着信があった。日本から急ぎの電話が掛かってくる場合に備えて、窓際《まどぎわ》に中継器を置いておいたのだ。

　電話を掛けてきたのは、藤林《ふじばやし》だった。

『──FAIR《フェア》のローラ・シモンが本日、日本に密入国したようです』

　急な報告の本題はこれだった。

「国際指名手配犯でもないのに良く見付かりましたね」

　FAIR《フェア》のロッキー・ディーンとローラ・シモンはUSNAで全国指名手配されている。だが国際指名手配はまだだ。正規の出国手続きを経ていないから密入国だが、日本の司法当局が発見に尽力する段階ではないはずだった。

『念《ねん》の為《ため》、人相照合システムにローラ・シモンのデータを追加しておいたのがヒットしました。不鮮明な画像でしたので断定はできませんが、一致率は八十パーセントを超えています』

「相手も最低限の対策はしているでしょうから、八十パーセントを超えていれば確実でしょう」

　画像が不鮮明というのはピントが合っていないという意味ではない。現代の映像技術でそれはあり得ない。それでも画像が不鮮明になるのは撮影を阻害する電子装置を使っているか、撮像素子を誤作動させる塗料をメイクに使っているか、あるいは他の、顔認証を狂わせる何らかの手段を講じているということだ。

「それで、発見された場所は？」

『関西国際空港、東名高速道路牧之原《まきのはら》サービスエリア、厚木《あつぎ》インター出口です』

「町田《まちだ》ではなく厚木《あつぎ》ですか……」

町田《まちだ》ならば、狙いは人造レリックを生産しているFLTのラボだ。だが厚木《あつぎ》で降りたとなると、伊豆《いず》の魔工院《まこういん》を狙っている可能性を無視できない。

『発見される可能性を計算に入れてこちらを撹乱《かくらん》する意図があるのでしょう』

藤林《ふじばやし》の推理に、達也《たつや》は「そう思います」と賛意を表明した。

『とはいえ狙いはFLT開発第三課のラボにあると思われます。そちらに警備を集中しようと思うのですが』

「それが適切な対応だと思いますが……。そうですね、大門《ひろと》さんに隆雷《たから》さんの身辺警護に付くよう伝えてください」

『了解しました』

藤林大門《ふじばやしひろと》は達也《たつや》の私的な部下で、藤林響子《ふじばやしきょうこ》にとっては亡父・藤林長正《ふじばやしながまさ》の異母弟に当たる。つまり叔父・姪《めい》の関係だが、年齢は響子《きょうこ》が二つ下なだけだ。

三年前、達也《たつや》と光宣《みのる》が水波《みなみ》を巡って敵対関係にあった時。光宣《みのる》を追跡している最中に、長正《ながまさ》は達也《たつや》に対して背信行為を働いた。その償いとして大門《ひろと》の身柄が達也《たつや》に差し出されたのだった。

来月開校予定の魔工院《まこういん》には、十師族《じゅっしぞく》・八代《やつしろ》家から当主の実弟、隆雷《たから》を学院長に迎えている。その隆雷《たから》に「もしも」のことがあれば、事は達也《たつや》一人の責任に留まらない。四葉《よつば》家と八代《やつしろ》家の軋轢《あつれき》に発展する恐れがある。魔工院《まこういん》が狙われる可能性がある以上、隆雷《たから》の身の安全を確保する措置は欠かし得ない。

「開発第三課の方は、七草《さえぐさ》さんと遠上《とおかみ》さんを警備に加えましょう。両名には町田《まちだ》のオフィスに詰めておくよう指示してください」

メイジアン・カンパニーの本部は町田《まちだ》にある。FLT開発第三課の隣のビルだ。本部に詰めていれば開発第三課ラボが襲撃された際、迅速に対応できる。

達也《たつや》としては、本当は文弥《ふみや》と亜夜子《あやこ》に任せたいところだった。しかし黒羽《くろば》家は現在、別の重要な案件を抱えていて、あの二人も夏休み突入早々からそちらに掛かり切りになっていた。

次善の策ではあるが、達也《たつや》は春にもＦＡＩＲ《フェア》の魔法師犯罪者《メイジスト・クリミナル》に対処した真由美《まゆみ》と遼介《りようすけ》を警備の援軍とすることに決めた。真由美《まゆみ》は無論のこと、遼介《りようすけ》の能力も達也《たつや》は高く評価している。

『分かりました。あの二人には本部の整備を手伝ってもらうことにします』

四月に設立したメイジアン・カンパニー本部には常駐の事務員がいる。だが達也《たつや》も深雪《みゆき》も余り寄りつかない所為《せい》で、執務環境の整備が後回しになっている。この件について、藤林《ふじばやし》は割としつこく達也《たつや》に注意を促しているのだが、彼は自分の研究を優先して余り真面目に取り組んでいなかった。

「……そうしてください」

達也《たつや》の脳裏を過《よぎ》ったのは、自分の至らなさに対する申し訳無さか。

それとも、ペンディングを押し付けられる解放感か。

きっと本人にも、分からないに違いなかった。

◇◇◇

真由美《まゆみ》も遼介《りょうすけ》もメイジアン・カンパニーに雇用されている従業員だ。しかも、ふたりとも自分から頼み込んで入社したという経緯がある。「サラリーマンの悲哀」ではないが、今日は伊豆《いず》で仕事をしていて、明日からいきなり町田《まちだ》で仕事をしろと言われても、従わないわけにはいかなかった。

それに二人にはちゃんと、理由が伝えられていた。四月に人造レリック盗難を試みた魔法師《メイジスト》犯罪者《クリミナル》の一味が、再び人造レリックを狙っている可能性が高い、と。

「……遠上《とおかみ》さんは、FAIR《フェア》のローラ・シモンという人物のことをご存じですか？」

補充すべきOA機器をリストアップしながら、真由美《まゆみ》がローパーティションの向こう側にいる遼介《りょうすけ》に話し掛けた。

「知っています。友人という意味ではありませんが」

遼介《りょうすけ》はオフィスレイアウトソフトを操作しながらその問いに答えた。なおFEHR《フェール》の仲間を救う為《ため》にシャスタ山まで出向いた件は、真由美《まゆみ》には知られていない。

「FAIR《フェア》の幹部だそうですね。どんな魔法師《メイジスト》なのですか？」

「ただの幹部ではなく、サブリーダーですね。リーダーであるロッキー・ディーンの愛人とも言われています」

遼介《りょうすけ》はまず、真由美《まゆみ》の認識を一部訂正した。

「愛人……」

真由美《まゆみ》が顔を赤らめるのではなく、軽く顰《しか》めた。

それには特に反応せず、遼介《りょうすけ》は回答を続ける。

「ローラ・シモンは魔女と呼ばれる古式魔法師《こしきまほうし》です」

『魔法師』を『メイジスト』と言い換えたように、『古式魔法師』や『現代魔法師』にも新しい名称がある。だが英語ベースのそれは少々長くて不便なので、日本語の会話ではほとんど使われていない。

「魔女といえば……確か『人間』という事象への干渉を得意としていましたよね？」

真由美《まゆみ》が「魔女」に関して大学で学んだ知識を引っ張り出す。彼女は魔法大学で魔法師の類型と特性を専攻していた。

「ローラ・シモンの能力の詳細は分かりませんが、手強《てごわ》い相手であることは間違いありません」

険しい表情で答えた遼介《りょうすけ》の声には実感がこもっていた。

「あの……戦ったことがあるんですか？」

真由美《まゆみ》が思わず、そう訊《き》いてしまう程に。

「あっ、いえ……そういうわけでは。バンクーバーの魔法師コミュニティの間では良く知られた存在だったので……」

遼介《りょうすけ》の言い訳は、滑らかとは言い難《がた》かった。

真由美《まゆみ》が遼介《りょうすけ》に疑惑の眼差《まなざ》しを向ける。

「……向こうにもそういう、魔法師のコミュニティがあるんですね」

しかし結局、真由美《まゆみ》は視線を緩めて自分に言い聞かせる口調で呟《つぶや》いた。

◇◇◇

FLTのラボが襲われたのは、その日の夜だった。

姿が確認された翌日に行動を起こすというのは、逆の意味で意表を突いた。真由美《まゆみ》や遼介《りょうすけ》だけでなく藤林《ふじばやし》も、ウズベキスタンにいる達也《たつや》でさえも、準備に数日掛けると予想していた。とは言っても、油断はしていなかった。警戒を始めた初日だ。「まさか今日は」という心の隙はあっても、疲労や慣れから来る気の緩みは無い。真由美《まゆみ》は藤林《ふじばやし》が手配した近場のホテルに泊まったが、遼介《りょうすけ》はカンパニー本部の仮眠室で待機していた。

だから真夜中にラボの警報が端末に伝えられてすぐ、遼介《りょうすけ》はベッドから飛び起きた。

彼はベッドの横に掛けておいたワークパンツを穿《は》いてCADを手首に巻き、長袖シャツの上にタクティカルベストを羽織って、ブーツで足下を固める。全ての準備を三分以内に調えて、遼介《りょうすけ》は仮眠室を飛び出した。

外は雨が降っていた。それほど激しい雨ではないが、普通なら傘を差す天気だ。

しかし遼介《りょうすけ》は、濡《ぬ》れるのも構わずに暗い雨の中に飛び出した。

端末にリアルタイムで送られてきている情報によると、賊は防犯シャッターで一階に足止めされている。警備室はまだ落とされていない。それどころか攻撃されている様子も無かった。

(偽装か……？　それとも……)

賊に何か策があるのだとしても、遼介《りょうすけ》には見当が付かない。少し迷って、彼はマニュアルに従うことにした。

昨晩急に決まった警備応援だが、藤林《ふじばやし》は朝の時点で詳細なマニュアルを作成していた。

(一階管理室からの応援要請は無い。このケースは――)

遼介《りょうすけ》は建物の横手にある非常口に向かった。普段は閉鎖されている出入り口だ。

その扉の向こうには非常階段があって、二階に上ることができる。そしてラボの二階には人造レリックの製造設備がある。

人造レリックの製造室に入る為《ため》には、二階の管理室に保管されている鍵を使わなければならない。五月上旬にＦ《フ》Ａ《ェ》Ｉ《ア》Ｒの魔法師犯罪者《メイジスト・クリミナル》コンビ『ジェイナス』の侵入を許した反省から、そのようにセキュリティを強化したのだ。

藤林《ふじばやし》のマニュアルでは、防犯シャッターを開けずに非常階段から二階に上がり、管理室の守りを固める手順になっていた。

タクティカルベストの隠しポケットに右手を伸ばす。そこには非常口のカードキーがしまってある。しかし遼介《りょうすけ》は指がカードキーに触れたところで、それを掴《つか》まずに右手を別の内ポケットに移動させた。

内ポケットから特殊警棒を引き抜きながら、遼介《りょうすけ》が勢い良く振り向く。

振り返ったことで背後からの奇襲ではなくなり、正面から襲い掛かってくるＦＬＴの警備員が振り下ろす特殊警棒を迎え撃った。

警棒同士が衝突し、どちらも大きく曲がる。

遼介《りょうすけ》は思い切りよく、警棒を捨てた。

警備員は曲がった警棒を振り上げた。

警備員の男と目が合う。その一瞬で、彼が操られていると遼介《りょうすけ》には分かった。

警棒を振り下ろす手首を左手で掴《つか》み、ねじ伏せる。警備員は倒れず、前のめりの姿勢で耐えている。

遼介《りょうすけ》は男の顎の下から右手をネックガードの内側に差し入れ、指で動脈を圧迫した。

警備員の身体《からだ》から力が抜ける。頸動脈洞性失神《けいどうみやくどうせいしつしん》、所謂《いわゆる》「落ちた」状態だ。

男が濡《ぬ》れた道路に頽《くずお》れる。だが、怪我《けが》をしないようにそっと寝かせてやる余裕は、遼介《りょうすけ》には無かった。遼介《りょうすけ》は仲間であるはずの警備員に包囲されていた。

遼介《りょうすけ》を囲む警備員の数は四人。一階に配置されていた警備員は六人。

管理室に一人が立てこもり、巡回をしていた五人は操り人形にされてしまったと考えるべきだろう。

「ローラ・シモン、邪悪な魔女め！　隠れていないで姿を見せろ！」

遼介《りょうすけ》が苛立《いらだ》たしげに怒鳴った。ローラが警備員を操っていると、遼介《りょうすけ》は確信していた。

『トーカミ、お前のシールドが厄介なことは承知しているわ』

ローラが答えを返してきた。だがその声は、天から降ってきたようにも地から湧いてきたようにも聞こえた。方向がまるで特定できない。

声だけではなかった。

近くにいる、その気配はある。しかし何処《どこ》に潜んでいるのか、全く分からない。

『シールドを纏《まと》ったお前の拳の強度は鋼鉄をも上回る。その拳で、操られているだけの味方を打ってみる?』

嘲笑含みの挑発。その言葉が遼介《りょうすけ》に[リアクティブ・アーマー]の使用を躊躇《ためら》わせる。

「トーカミ、取引しましょう。そこの扉を開けてくれれば、この男たちは解放するわ』

「そんな見え透いた嘘《うそ》に騙《だま》されると思うか!」

『心外ね。魔女は嘘《うそ》を吐《つ》かないわ。お前たち現代魔法師と違って、私たちは言葉を大切にしているから』

遼介《りょうすけ》は古式魔法に詳しくない。いや、魔法全般に詳しくない。

「言葉を大切にしている」というローラのセリフが持つ意味を、彼は漠然としか理解できない。だから「嘘《うそ》を吐《つ》かない」という言葉の真偽も判定できなかった。

「……開けるだけで良《い》いのか?」

この反問は、遼介《りょうすけ》の迷いを如実《にょじつ》に表していた。

『そこをどきなさいとも、私たちを通しなさいとも、要求するつもりは無いわ』

噛《か》んで含めるようにセリフを区切りながら、ローラが断言する。本音であれ、嘘《うそ》であれ、そのセリフに迷いは無い。

迷いの有無は言葉の力を左右する。たとえ嘘《うそ》でも、迷いの無い言葉は強い。

遼介《りょうすけ》の心は、ローラの提案を受《う》け容《い》れる方へ傾いた。

だが、その時。

「お待たせ！」

その声と共に、空から雨に混じって白い塊が降ってきた。ただ暗かった所為《せい》もあり、遼介《りょうすけ》にはそれが何か見分けられなかった。

ゴルフボール大の、四個の物体。その正体はドライアイスだ。

ドライアイスの塊は、操られた警備員各々《おのおの》の顔目掛けて落下する。そして警備員に衝突する寸前で、消滅した。

糸が切れた操り人形の如《ごと》く、遼介《りょうすけ》を包囲していた警備員が路上に横たわる。

「七草《さえぐさ》さん、これは……？」

新たな声の主、レインコートを着た真由美《まゆみ》に向かって訝《いぶか》しげに問う遼介《りょうすけ》。彼には警備員が何故《なぜ》倒れたのか分からなかったのだ。

白い何か――ドライアイスの塊がぶつかった衝撃が原因ではない。遼介《りょうすけ》は打撃による転倒を見慣れているから分かる。そういう倒れ方ではなかった。それに、そもそも空から降ってきた物体は警備員に当たっていない。彼らの顔の前で煙になって消えた。

「後でお教えします」

遼介《りょうすけ》の隣に駆け寄って非常口を背にした真由美《まゆみ》は、回答を保留した。敵の前で手の内を明かさない程度には、彼女は場数を踏んでいる。

言うまでも無く空から降ってきたドライアイスは真由美《まゆみ》の魔法によるものだ。

彼女が得意とする魔法［ドライ・ミーティア］。

大気中にわずかしか存在しない二酸化炭素を集めてドライアイスを作り、敵の顔の前で昇華させる。いきなり鼻先で発生した高濃度の二酸化炭素は容易に中毒を引き起こす。

［ドライ・ミーティア］により敵が意識を失う要因は二酸化炭素中毒よりも低酸素の比重が高いのだが、二酸化炭素中毒も酸素欠乏症も程度次第で相手を死に至らしめる。

無論真由美《まゆみ》は、そうならないように調節して魔法を組み立てている。操られていた警備員に放った［ドライ・ミーティア］も、確実に殺さないよう威力を落としたものだった。

「それより、状況を教えてください」

真由美《まゆみ》に問われて遼介《りょうすけ》も、好奇心に囚《とら》われている場合ではないと思い直した。

「一階を担当していた警備員は御覧のとおり、一人を残して敵の手に落ちてしまいましたが、管理室は無事です。二階に侵入を許した形跡もありません。俺はここで待ち伏せされました」

「だから敵は、非常口から入ろうとしているんですね。建物の構造が漏れたのでしょうか」

ラボの非常口に関する情報は外部に公開していない。賊がここで待ち構えていたのであれば、その情報が何らかの形で漏洩《ろうえい》したのではないか、と真由美《まゆみ》は考えたのだった。

「人形にした警備員から聞き出したのだと思います」

遼介《りょうすけ》の推理は、真由美《まゆみ》のものとは異なっていた。

「警備員を操っていたのはローラ・シモンです。残念ですが、何処《どこ》に隠れているのか俺には分かりません」

だが彼はそれについて議論しようとせず、口惜《くや》しさを隠せぬ声でこう続けた。

『私にはお前たちが見えているぞ。諦めて道を空けるが良《い》い』

そのセリフにローラが付け入ろうとする。言葉のみによる仕掛けではなかった。彼女は同時に、意思を奪う――意識を奪う、ではない――魔法を行使していた。

「フーン……、一種のガス攻撃かしら」

しかしローラの魔法で操られた「意思を奪う香り」は、真由美《まゆみ》が展開していた魔法シールドによって阻《はば》まれる。

進人類戦線のガス攻撃でピンチに陥った経験を教訓として、真由美《まゆみ》は戦闘に介入する前から通常の空気に含まれない成分のガスを選択的に遮断する魔法シールドを、自分の周囲に展開していた。

突風が巻き起こる。真由美《まゆみ》が魔法シールドに連動させていた下降気流の魔法によって、ローラが送り込んだ「香り」は雨粒と共に吹き散らされた。

「――見付けたわよ」

真由美《まゆみ》の呟《つぶや》きの直後、路面に溜《た》まった雨水が氷の粒になって空中に浮き上がる。豊富に水がある環境では、二酸化炭素をかき集めてドライアイスを作るより氷の弾丸を作る方が容易だ。

それに二酸化炭素は水に溶ける。化学的には雨粒に溶ける二酸化炭素など微々たるものだが、「二酸化炭素は水に溶ける」という概念が、魔法の効果を低下させる。

先程、警備員に使った［ドライ・ミーティア］はその目的からして、威力の低下はむしろ都合が良かった。しかし純粋な攻撃手段として用いるこの場合は、ドライアイスより氷を使うべきシチュエーションだ。

雹《ひょう》の弾幕を放つ魔法［雹嵐《ヘイルストーム》］。

直径一センチ近くまで成長した氷の粒が、群れをなして翔《か》け上がる。

二十メートル以上に育った街路樹の欅《けやき》。

その梢《こずえ》の先に雹《ひょう》の弾幕は吸い込まれていった。

まるで水面へ降ったかの如《ごと》く、雹《ひょう》が波紋を作る。

そして、夜空の黒雲と同化していた靄《もや》が晴れた。

梢《こずえ》の先には二つの人影が浮かんでいた。

男と、女。

「ローラ・シモン！」

女を見て遼介《りようすけ》が叫ぶ。

「あれがFAIR《フェア》のサブリーダー……」

遼介《りようすけ》の叫びで、真由美《まゆみ》もその女の正体を知った。

（だけどあの男は何者……？）

ローラの腰に手を回し、彼女を抱えるようにして隣に浮いている中年の男。普通に考えればFAIR《フェア》のメンバー、ローラの手下だろう。だが真由美《まゆみ》の目には、とてもそうは見えなかった。

（何だろう……。強者の気配、とでも言えば良《い》いのかしら……）

確かにローラにも、底の知れない不気味さを感じる。だが真由美《まゆみ》の直感は、男の方に脅威を覚えていた。

それは遼介《りょうすけ》も同じだった。ローラと男がゆっくりと路上へ降りてくると、遼介《りょうすけ》が真由美《まゆみ》を背中にかばった。

「……男の方は俺が相手をします。七草《さえぐさ》さんはローラ・シモンを」

遼介《りょうすけ》が睨《にら》み付《つ》ける先では、男がローラの腰を抱いていた腕を放した。ローラも男の首に回していた両手を解《ほど》いて男から離れる。

「お嬢さん、トーカミではなく貴女《あなた》が私をもてなしてくれるのかしら」

ローラが冷笑的な波動を放ちながら真由美《まゆみ》に話し掛ける。

「あら、招かれてもいないお客様をおもてなしする謂《いわ》れは無いわよ。むしろお引き取りいただきたいのだけど」

売られた喧嘩《けんか》は買う、というほど真由美《まゆみ》は好戦的な性格ではない。だがローラの上から目線な言い方が気に障《さわ》ったのか、真由美《まゆみ》は相手を思い切り小馬鹿にする口調で応じた。

「……小娘、名前を聞いておきましょう。覚えておいてあげるから光栄に思うことね」

「小娘と言われるほど若くないのだけど。貴女《あなた》、実は結構なお年なのかしら」

「死になさい。――――」

　ローラの喉から掠《かす》れた高音の、歌とも祈りともつかない「音」が絞り出される。

「魔女」の魔法は「人間」という事象への干渉。そこには自身の肉体改造技術も含まれる。今ローラが放った「音」は、効果が表れるまでにある程度の時間を要するという呪文詠唱の欠点を補う為《ため》に彼女たち魔女が近年になって編み出した短縮詠唱の技だった。

　自分の喉を改造することで、同時に複数の「音」を発声する。複合的に重なり合った音韻が魔法的な意味を持つ記号となって、ＣＡＤが出力する起動式と同じ役目を果たす。

　彼女が発した「音」の主な部分を言葉に戻すと「天蠍宮《てんかつきゅう》より来たれ、冥王星の御遣《みつか》い。怒りと嘆きと怨《うら》みを鮮血で記した異《い》なる絶対者よ。汝《なんじ》の僕《しもべ》に侮《あなど》りと辱《はずかし》めを加えし者に、御遣《みつか》いの権能による報いを与えたまえ」となる。

　その魔法の名は［告死天使《アズラエル》］。効果は「音」が届く範囲にいる一人の敵の心臓を麻痺《まひ》させること。「人間」という事象に干渉して、心臓麻痺《まひ》を引き起こす呪詛《じゅそ》だ。

　多分ヨーロッパ人が言うところの「異教」の信者にとっては噴飯物の名称であり呪文だろう。他人にとっての冒瀆《ぼうとく》行為を平然と、どころか得意げに行う辺り「魔女」の邪悪さが表れている。

「残念。遅いわ」

だがそれだけの工夫をしても、現代魔法のスピードには追い付かない。

真由美《まゆみ》は呟《つぶや》きと同時に［領域干渉］と［情報強化］を同時に発動した。複数魔法の同時発動は今も稼働《かどう》している第三研の研究テーマ。そして七草《さえぐさ》家は元『三枝《さえぐさ》』。第三研から第七研に移籍した数字付き《ナンバーズ》魔法師だ。二つの対抗魔法をこれ程スムーズに、素早く発動できるのは七草《さえぐさ》家が第三研で手に入れた魔法技能によるものだった。

たとえ「魔女」の魔法であろうと、作用原理は変わらない。自分が構築した魔法式によるか使役する情報体によるかの違いはあっても、「エイドスを一時的に上書きする」のが魔法だ。「魔女」の魔法であろうと［領域干渉］や［情報強化］の方が事象干渉力で勝っていれば、魔法は失敗する。

ローラの［告死天使《アズラエル》］は、真由美《まゆみ》の魔法防御を突破できなかった。

再び真由美《まゆみ》の［雹　嵐《ヘイルストーム》］がローラに襲い掛かる。

ローラは大きく、十メートル以上跳び退《すさ》ってそれを躱《かわ》した。

だがそれ以上は下がれない。彼女の背後には欅《けやき》の幹があった。

この時そのまま氷の礫《つぶて》を放てば、真由美《まゆみ》の勝利は確定していただろう。彼女は遠距離精密射撃魔法の名手として知られている。この距離で狙いを外すことは無い。

だが彼女は雹《ひょう》を放つのではなく、ドライアイスの弾丸を生成することを選んだ。氷の礫《つぶて》では急所を外して無力化するとしても、流血を避けられない。［ドライ・ミーティア］で血を流さずにローラを制圧しようとしたのだ。

現代魔法は発動速度に優れる。それでも魔法を切り替える時間、魔法の種類に迷っていた時間は、ローラに反撃のチャンスを与えた。現代魔法より時間が掛かる古式魔法を発動するのに必要な時間をローラに与える結果となった。

ローラの身体《からだ》が揺らぎ、薄れ、欅《けやき》の樹皮に同化する。無論、魔法でそう見せているだけだ。それは真由美《まゆみ》にもすぐに分かったので、驚きは覚えなかった。だが動揺は免《まぬが》れない。自分の甘さのせいで手にしていた勝利が転がり落ちたという後悔が真由美《まゆみ》の心を波立たせる。

真由美《まゆみ》は慌ててローラを捜した。彼女には［マルチスコープ］という一種の遠隔視能力もある。障碍《しょうがい》物に妨げられずリアルタイムの光景を複数の視点から見ることができる能力だ。今もその能力でローラの居場所を突き止めようとした。

だが［マルチスコープ］は、光が当たっていたなら見ることができる光景を距離・障碍《しょうがい》物に拘《かか》わらず視認する能力。光を当てても見えないものを認識はできない。

ましてローラが使っている魔法は［鬼門遁甲《きもんとんこう》］と同じ原理で自分に向けられた視線によって相手に「見えていない」という暗示を刷り込むものだ。見ようとする意識が強ければ強い程、その術中に落ちていく。［マルチスコープ］にとっては非常に相性が悪い魔法だった。

真由美《まゆみ》は自分に施した情報強化の壁がつつき回されているのを感じた。魔法による攻撃を受けている感覚だ。

今はまだ、防壁を突破される気はしない。だが守ってばかりではジリ貧になる。その理屈を真由美《まゆみ》は理解していた。

しかし相手を認識できなければ攻撃はできない。広域爆撃のような無差別攻撃の魔法は、真《ま》由美《ゆみ》の苦手分野だ。とにかく今は防御を固めてチャンスを待つ。

真由美《まゆみ》はレインコートの背中をラボの壁につけて、［領域干渉］の範囲を狭めることで濃度を上げ、［情報強化］の壁を三重に増設した。

遼介《りょうすけ》が対峙《たいじ》した敵は、最初の印象より若く見えた。遠目には三十代後半から四十代前半に感じられたのだが、こうして向かい合った今は、三十歳前後と思われた。

一般的に言って若さは体力に反映される。体力が違えば戦い方も変わってくる。三十歳前後と三十代後半では計算違いという程ではないが、遼介《りょうすけ》は気を引き締め直した。

男は灰色のサマージャケットを着ている。その内側からナイフを取り出した。

「ルゥ・ドンビン」

ナイフを順手に構えた男が呟《つぶや》くように口にした言葉。それが何を意味するものか、遼介《りょうすけ》には咄嗟《とっさ》に分からなかった。

「名を聞いておこう」

英語による問い掛けで、それが男の名前だと理解する。すぐに自己紹介と結び付かなかったのは、遼介《りようすけ》が漢人《チャイニーズ》の姓名を聞き慣れていないからだ。

北海道にいた時もバンクーバーにいた時も漢人の知り合いはいなかったし、バンクーバー在住の漢人や華系住民はアングロサクソン風の名を自分につけていた。

故に当然、遼介《りようすけ》には『ルゥ・ドンビン』が『呂洞賓』の読みで、伝説の仙人の名であることも分からなかった。

「遠上遼介《とおかみりようすけ》」

遼介《りようすけ》が呂洞賓《ルウドンビン》の求めに応じたのに、深い意味は無かった。単に訊《き》かれたから答えただけだ。

遼介《りようすけ》は名前がある種の古式魔法師にとっては、攻撃手段になると知らなかった。

呂洞賓《ルウドンビン》は、名前を使った呪詛《じゆそ》が余り得意ではない。呪殺の類《たぐい》は、むしろ『八仙《はつせん》』が敵対しているIPUの『サプタ・リシ』が得意としている。ただ名前を知っていれば、それを鍵に相手の居場所を捜しやすくなる。

もっとも、相手が特定の場所を守って動かないようなこのケースでは、隠れている敵を見つけ出す技術のニーズは低い。呂洞賓《ルウドンビン》がコードネームを名乗り、遼介《りようすけ》に自己紹介を求めたのは近接戦闘に臨む際の何時《いつ》もの癖《ルーティン》のようなものだった。

ナイフを構えた呂洞賓《ルウドンビン》に対して、遼介《りようすけ》は拳を前に掲げた右半身の体勢を取る。生憎《あいにく》と武器は、先ほど駄目にした特殊警棒しか用意していなかった。

その代わりにこの段階で［リアクティブ・アーマー］を発動する。呂洞賓《ルウドンビン》が一瞬も油断できない相手であることは皮膚感覚で分かった。

睨《にら》み合《あ》う遼介《りょうすけ》と呂洞賓《ルウドンビン》。二人の横では、少し離れて真由美《まゆみ》とローラが対峙《たいじ》している。

真由美《まゆみ》とローラの間で交わされていた言葉の刃が魔法による攻防に換わった。ローラの呪詛《じゅそ》を真由美《まゆみ》が跳ね返し、真由美《まゆみ》の氷弾が舗道を叩《たた》く。

それが、合図となった。呂洞賓《ルウドンビン》が間合いを詰めナイフを突き出す。目を見張るスピードだったが、見失う程ではなかった。

ナイフを持つ右手を遼介《りょうすけ》は左手で、内から外へ払おうとする。

だが彼の左手は空を切った。直前で呂洞賓《ルウドンビン》が手を引っ込めたのだ。

引っ込めたナイフを呂洞賓《ルウドンビン》が角度を変えて繰り出した。

腹を狙った刺突。

遼介《りょうすけ》は右掌《てのひら》で呂洞賓《ルウドンビン》の右前腕内側を叩《たた》き、突きを逸《そ》らした。さらに右足を踏み出し、相手の胸に右肘を突き込む。

しかし手応えは無かった。呂洞賓《ルウドンビン》は左足を引いて体《たい》を開き、肘打ちの威力を殺した。そして右手のナイフで遼介《りょうすけ》の首を狙う。

遼介《りょうすけ》は右膝の力を抜き自ら倒れながら身体《からだ》を左回転させ、左手で呂洞賓《ルウドンビン》の右手を摑《つか》んだ。

[リアクティブ・アーマー]の装甲越しなので力加減は利《き》かないが、気を遣う必要は無い状況だ。

遼介《りょうすけ》は腕を握りつぶすつもりで手を伸ばしたのだが、掴《つか》めたのはジャケットの袖だった。彼はそのまま、倒れる勢いで呂洞賓《ルウドンビン》を自身の回転に巻き込んだ。

袖が裂け、呂洞賓《ルウドンビン》が宙に舞う。自分から投げられたのか、彼は猫を思わせる動きで濡《ぬ》れた路面に着地した。

遼介《りょうすけ》もまた、一瞬の停滞も無くスムーズに立ち上がる。

遼介《りょうすけ》と呂洞賓《ルウドンビン》は、再び睨《にら》み合《あ》った。

ローラの攻撃が次々に真由美《まゆみ》を襲う。それに対して真由美《まゆみ》はローラの居場所を把握できずにいる。

(このままじゃ……)

真由美《まゆみ》は精神的に追い詰められていた。

実は、何も打つ手が無いわけではなかった。何処《どこ》に隠れているか分からなくても攻撃を当てる方法はある。

真由美《まゆみ》は広域攻撃魔法が得意ではないというだけで、できないのではない。

(……くっ! また……)

ローラの攻撃は徐々に強さを増している。攻撃のインターバルは長くなってきているが、それは相手が「準備に時間を掛けても構わない」と見切った証拠でもある。

真由美《まゆみ》には精神干渉系魔法や呪詛《じゅそ》に合わせたシールドを展開するテクニックは無い。汎用性がある［領域干渉］と［情報強化］で凌《しの》いでいるだけだ。謂《い》わば力業。最適化するテクニックを使わない分、消耗は激しい。

敵の魔法の威力は上がり、自分は消耗が激しい。現状が続けば勝敗は明らかだ。真由美《まゆみ》はそんな結末を、甘んじて受《う》け容《い》れるつもりは無かった。

「遠上《とおかみ》さん、例のシールドは使っていますか⁉」

真由美《まゆみ》は遼介《りょうすけ》を見ずに声を張り上げた。

「はい！」

短くそれだけの答えが返ってくる。遼介《りょうすけ》の方も余裕が無いようだ。

苦戦しているなら申し訳ない、と真由美《まゆみ》は思った。だが彼女はもう、決めていた。

「先に言っておきます。ごめんなさい！」

だから真由美《まゆみ》は、これからしようとしていることを大声で謝罪した。

突然真由美《まゆみ》に大声でシールドを、［リアクティブ・アーマー］を展開しているかどうか問われたが、遼介《りょうすけ》に振り向く余裕は無かった。呂洞賓《ルウドンビン》が繰り出す四本の刃をさばくので精一杯だ。

一瞬も目を離せない。

呂洞賓《ルウドンビン》から短剣が投じられる。顔を目掛けて飛んでくる刃を、首を振って躱《かわ》した。

だが遼介《りょうすけ》はそこで動きを止めなかった。水平に振り抜かれたナイフをバックステップで躱《かわ》し、着地した足で横に跳ぶ。

着地した彼のうなじがあった所を、直前に躱《かわ》した短剣が逆行して通り過ぎていく。

それとすれ違うように別の刃が遼介《りょうすけ》の胸を襲う。彼はそれを、個体装甲魔法を纏《まと》った左手で払い落とした。その刃は路面に落ちる直前、跳ね上がって遼介《りょうすけ》の喉を狙う。

呂洞賓《ルウドンビン》の魔法はナイフや短剣の遠隔操作だった。それもただ刃を飛ばすのではなく、自分の手で操るナイフの技と連携して操るのだ。

遼介《りょうすけ》はその遠隔操作が、仮想の糸を介して行われていることに気付いていた。呂洞賓《ルウドンビン》の戦法は縄鏢《じょうひょう》術を魔法に応用したものだ。「鏢《ひょう》」と呼ばれる棒手裏剣状の刃物の根元に縄を付けて操る東亜大陸の武器術。それを縄ではなく、魔法の糸で再現している。

実体の無い糸だから、実際の縄鏢《じょうひょう》のように縄を巻き取ったり縄に切りつけたりして刃の軌道を乱すことはできない。それに切っ先の向きを自由に変えられる点も魔法ならではだ。

念動力《サイコキネシス》でナイフを飛ばす技より自由度は落ちるかもしれないが、短剣術と連携した攻撃は間違いなくこちらの方が厄介だと言える。

今のところ、繰り出される刃に［リアクティブ・アーマー］を貫く威力は無い。

だが当たっても問題無いという保証は、何処《どこ》にも無かった。こちらを油断させるフェイントの可能性を無視できない。

そんなわけで今の遼介《りょうすけ》は、声を掛けられても振り向けない。「はい」と一声返事をするのが精一杯だった。

どうやら真由美《まゆみ》も、その答えで十分だったようだ。

彼が返事をした直後、謝罪のセリフと共に強力な魔法の気配が上空を覆った。遼介《りょうすけ》は思わず気を取られてしまったが、幸いなことに呂洞賓《ルウドンビン》も同様だったようだ。魔法で操る刃の勢いが鈍った。

そして空から、雹《ひょう》の弾幕が降ってきた。

真由美《まゆみ》の問い掛けに返ってきた言葉は一言だけの極短いものだったが、誤解の余地が無い明解な答えだった。

真由美《まゆみ》はまず、倒れている五人の警備員を移動魔法で自分を中心とする半径二メートルの円内に引き寄せた。そして新たな［雹嵐《ヘイルストーム》］の魔法式を組み上げる。

標的は自分から二メートルの範囲を除外した、半径二十メートルの円内。穴が空いたドーナツ形、と言うよりベーグル形のエリア。上空に視点を置いた二次元的な照準だ。

多視点遠隔視による三次元的な照準を常用しているから、真由美《まゆみ》は二次元的な照準による広域攻撃に苦手意識を懐《いだ》いているという側面がある。だが、繰り返しになるが「苦手意識がある」「得意ではない」というだけで、「できない」のではない。

降り落ちる雨、空気中の湿気、舗道を濡らす水。

その全てで氷の弾丸を生成し、空中から撃ち下ろした。

雹《ひょう》は道路の舗装を叩《たた》いただけでなく、其処《そこ》彼処《かしこ》に浅い穴を穿《うが》っている。このような二次被害も、真由美《まゆみ》が広域無差別魔法を躊躇《ためら》う理由だ。

遼介《りょうすけ》も全身で雹《ひょう》の嵐を浴びている。だが、特に痛みを覚えている素振りは無い。道路の舗装に食い込む氷の弾丸も、彼の［リアクティブ・アーマー］には通用しないのだろう。

遼介《りょうすけ》が戦っている相手、呂洞賓《ルウドンビン》は欅《けやき》の下に避難していた。だが、雹《ひょう》は欅《けやき》の木陰も襲っている。

氷の弾丸は上空で生成されるだけではなく、地表近くの水気《みずけ》からも作り出される。木々の葉から滴《したた》り落《お》ちる雫《しずく》からも。［雹嵐《ヘイルストーム》］に雨宿りは役に立たない。

遠目には呂洞賓《ルウドンビン》に怪我《けが》は認められない。服には穴が空いているから、皮膚を硬化させる類《たぐい》の魔法を使ったのかもしれない。

そして、呂洞賓《ルウドンビン》が雨宿りしている欅《けやき》の裏側で悲鳴が上がった。

真由美《まゆみ》は欅《けやき》の裏に［マルチスコープ］を向けた。

そこではローラが両手で頭をかばい、しゃがみ込んでいた。その両手からは血が流れている。

真由美《まゆみ》の攻撃は有効打を与えていた。

そこまで認識したところで、真由美《まゆみ》はいきなり、両手に激痛を覚えた。声にならない呻《うめ》きを漏らして身体《からだ》を前に倒す。痛みによろめき、辛《かろ》うじて膝を突かずに耐える。

涙でぼやけた視界に傷は見当たらない。ただ、抉《えぐ》られた痛みだけがある。

（なに……、これ……）

ローラの反撃だろう、とは見当が付いた。だが具体的に何をされているのか分からない。

これは魔女の自動報復魔法［復讐の三女神《エリニュエス》］。魔法式が投射された経路を遡って、自分が受けた苦痛を反射する魔法で、古い基準を適用すれば「呪詛《じゅそ》返し」の一種に分類される。

本来であれば肉体に反映されるレベルの苦痛――幻の痛みが実際に傷を作るレベル――をもたらすものだが、今回は［雹嵐《ヘイルストーム》］が広域無差別だったことが幸いした。ローラを直接照準した魔法ではなかったので、反射された苦痛も真由美《まゆみ》には一部しか届かなかったのだ。

だが真由美《まゆみ》の追撃を妨げるには十分な痛みだった。

ローラがよろめきながら走り去っていく。

真由美《まゆみ》には、その行方を［マルチスコープ］で追う余力も無かった。


それは雹《ひょう》と言うより氷の弾丸だった。降雹《こうひょう》と言うより氷の弾幕だった。

実際の時間は、十秒足らずだった。

だが遼介《りょうすけ》にはその百倍以上の時間、銃撃が続いたように感じられた。

道路には折れた街路樹の枝が散乱し、路面には無数の小さな穴ができている。この辺りは全面的な再舗装工事が必要になること間違いない。

氷の弾幕が垂直に撃ち込まれたからだろう。街路樹は樹皮が削れてはいたが、倒れている樹《き》は一本もなかった。

遼介《りょうすけ》自身にダメージは全く無かった。［リアクティブ・アーマー］は氷の弾幕を完全に防ぎ切った。反射的に足を止めてしまったが、その気になれば雹《ひょう》が降る中でも支障なく動けたに違いない。

現状をそこまで認識することで、遼介《りょうすけ》を焦《あせ》りが襲う。

雹《ひょう》の弾幕の中で、敵から完全に意識が逸《そ》れていた。もしかしたらこの瞬間にも敵の刃が自分に届くかもしれない――そんな危機感が遼介《りょうすけ》の心に押し寄せた。

遼介《りょうすけ》は慌てて呂洞賓《ルウドンビン》の姿を捜した。幸い、降雹《こうひょう》で壊れた街灯は半分以下だった。光は疎《まば》らになったが、おぼろな視界は確保されている。

呂洞賓《ルウドンビン》は街路樹を背にして、両腕で顔をかばい身体《からだ》を丸める防御姿勢を取っていた。暗すぎて細かな状態は分からないが、チャンスに、見えた。

そう感じると同時に身体《からだ》が動く。呂洞賓《ルウドンビン》が背中を付けている街路樹まで七、八メートルあったが、遼介《りょうすけ》は一呼吸でその間合いを詰めた。

その気配を感じ取ったのか、呂洞賓《ルウドンビン》も防御姿勢を解いて顔を上げる。そしてナイフと短剣を続けて遼介《りょうすけ》に投げた。

遼介《りょうすけ》は、躱《かわ》さなかった。

遼介《りょうすけ》の魔法シールドが、至近距離から投擲《とうてき》された二本の刃を跳ね返す。

おそらく呂洞賓《ルウドンビン》は、今までどおりに遼介《りょうすけ》が投擲《とうてき》を躱《かわ》すと予測していたのだろう。踏み込んできた遼介《りょうすけ》に一瞬、反応が遅れる。

それでも呂洞賓《ルウドンビン》は順突きを繰り出す遼介《りょうすけ》の右腕に、右手に持ったナイフを突き立てようとした。

遼介《りょうすけ》は突きを中断し、右拳を開いて呂洞賓《ルウドンビン》の右腕を払った。

呂洞賓《ルウドンビン》はすかさず左手で、ナイフによる攻撃を繰り出した。

遼介《りょうすけ》は踏み出していた右足をさらに強く踏み込みながら、右手を反転させて呂洞賓《ルウドンビン》の左腕をブロックする。

そして、左拳を突き出した。

狙ったのは胸の中央にある『壇中』の急所。

だが相手も易々《やすやす》と急所は打たせない。

呂洞賓《ルウドンビン》の上体を捻《ひね》る回避動作の結果、遼介《りょうすけ》の拳は胸骨のやや左、相手にとっては右胸に着弾した。

肋骨《ろっこつ》を折った感触が左拳に伝わる。

強い違和感に、遼介《りょうすけ》の動きが止まった。

［リアクティブ・アーマー］を纏《まと》っている最中は通常、触感が得られない。魔法の鎧《よろい》越しには、抵抗や圧力は感じられても、相手の骨を折った感触は伝わらない。

（［リアクティブ・アーマー］が解除されている、だと……⁉）

無論、遼介《りようすけ》が自分で解除したのではなかった。

戦闘中であるにも拘《かか》わらず、個体装甲魔法が解除されている。

装甲を破られたのではない。

遼介《りようすけ》自身の意思に反して、外部から［リアクティブ・アーマー］を解除されたのだ！

ナイフを持つ呂洞賓《ルウドンビン》の左腕が動いた。

遼介《りようすけ》はそれに反応して、右腕のブロックを下げようとした。

だが、間に合わなかった。

遼介《りようすけ》の右脇腹にナイフが突き刺さる。

深く押し込もうとする動きは、挿し入れた右腕で阻止した。

呂洞賓《ルウドンビン》は左手のナイフを手放し、遼介《りようすけ》と街路樹に挟まれたポジションからよろめきながら抜け出した。

右胸に手を当てて逃げていく呂洞賓《ルウドンビン》。

逃走速度は、決して速くない。彼の足取りは乱れていた。

だが右脇腹を手で押さえた遼介《りようすけ》は、その場を動けなかった。

Road to Shambhala

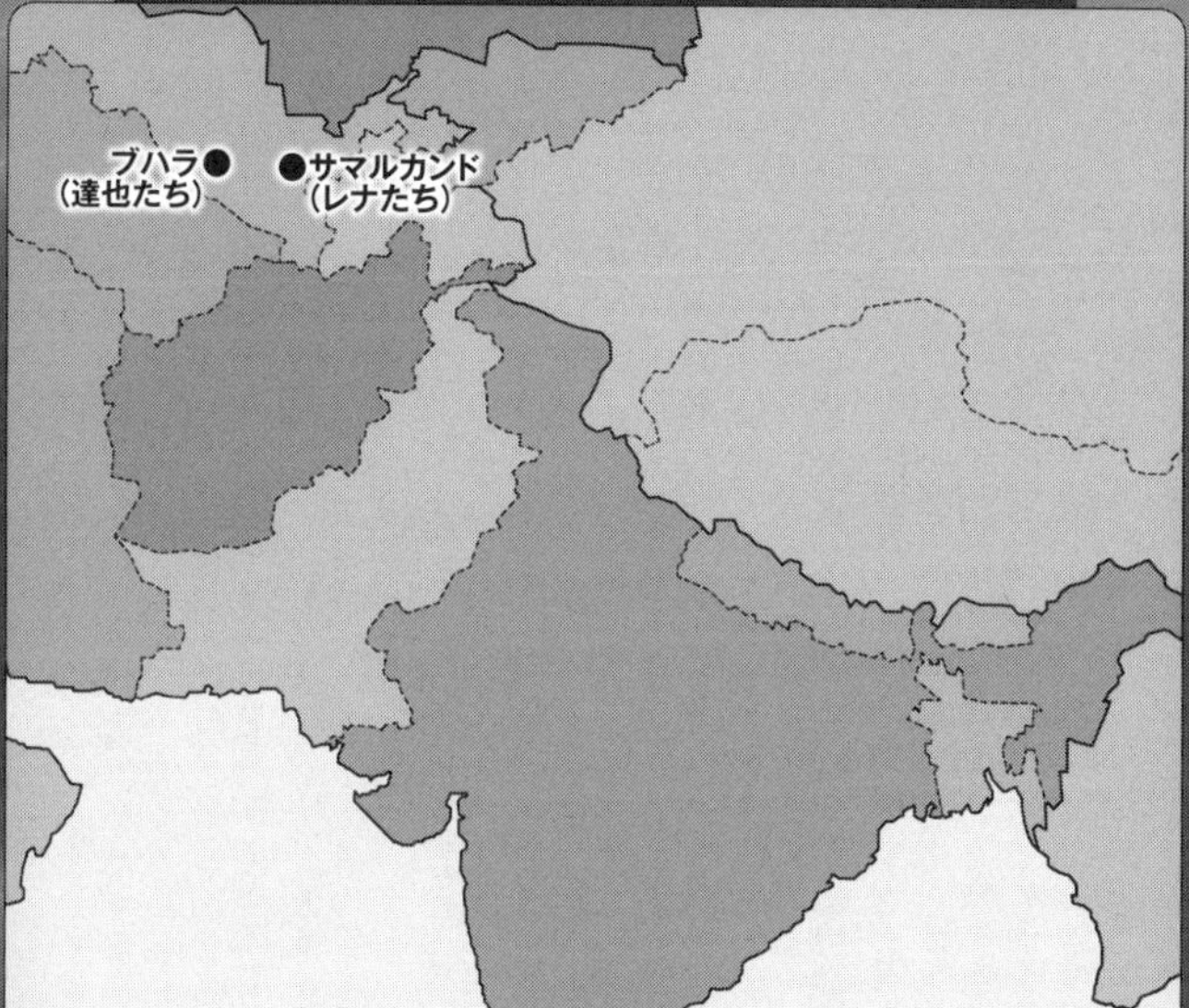

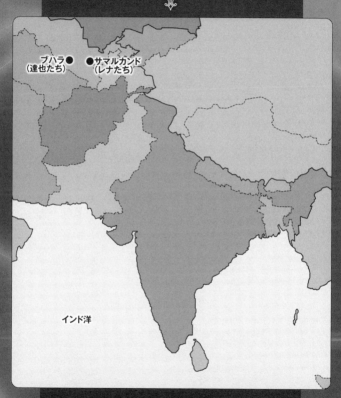

【6】中断

ウズベキスタン現地時間八月十一日の夜。達也《たつや》は藤林《ふじばやし》から衛星電話のコールを受けた。挨拶もそこそこに藤林《ふじばやし》が伝えてきたのは、FLTラボ襲撃の第一報だった。

「犠牲者は出ていませんか？　負傷者は？」

『幸い死者は出ませんでした。ですが、遠上《とおかみ》さんが脇腹を刺され重傷です』

「遠上《とおかみ》さんが？　彼の魔法装甲が破られたんですか？」

達也《たつや》が意外感を隠せない声で問い返す。

遼介《りようすけ》は秘密にしているつもりだったが、達也《たつや》には［エレメンタル・サイト］がある。遼介《りようすけ》が［リアクティブ・アーマー］の遣い手であることも、あの魔法が旧第十研に由来することも、達也《たつや》は認知していた。

あの個体装甲魔法は、そう簡単に破られるものではない。純粋に物理的な攻撃に対する防御力はもちろん、魔法攻撃であっても物理現象を介して行うものに対しては無敵に近い耐性を有しているはずだ。

何か、あの魔法が有する構造的な脆弱《ぜいじやく》性を突かれでもしたのだろうか。遼介《りようすけ》が数字落ち《エクストラ》であることは達也《たつや》も知っている。数字を剝奪される原因となるような、達也《たつや》が知らない欠陥を［リアクティブ・アーマー］は抱えているのかもしれない。

あるいは、魔法シールドを破る特殊な術式を敵が行使したのだろうか。どちらかと言えば、こちらの方がありそうに思われた。

『詳細は不明です。本人は治療中で、まだ詳しい話を聞けていません』

「そうですか。他に負傷者は？　七草《さえぐさ》さんは無事ですか？」

遼介《りょうすけ》とコンビを組ませていた真由美《まゆみ》の安否を訊《たず》ねたのは、事実上の雇い主として当然と言える。だが真由美《まゆみ》が負傷したかどうかを気に掛けているのは、使用者としての責任感からだけではない。

真由美《まゆみ》に怪我《けが》をさせたとなれば、それは七草《さえぐさ》家に対する四葉《よつば》家の負債になる。真由美《まゆみ》を警備に使ったのは判断ミスだったか、という後悔が達也《たつや》の脳裏を過《よぎ》ったのだった。

『真由美《まゆみ》さんに怪我《けが》はありません』

だからこの答えを聞いて達也《たつや》は、柄にもなく人並みに安堵《あんど》を覚えた。

『ただ、遠上《とおかみ》さん以外にも警備員五名が深刻な状態です』

「深刻というと、命に関わる重傷ですか？」

問い返す達也《たつや》の口調に動揺は窺《うかが》われない。

その情が感じられない態度を、通話相手の藤林《ふじばやし》は咎《とが》めなかった。

『いえ、命に関わるものではありません』

薄情とも取れる落ち着きは藤林《ふじばやし》も同様だった。

『五人は全員が言語機能を喪失しています。会話だけでなく読み書きもできない状態です。外傷は無く、脳に出血等も見られないことから魔法による障碍《しょうがい》と推測されます』

藤林《ふじばやし》が告げた最初の一文で、達也《たつや》は警備員の身に何が生じたのか理解した。

「それは先史文明の魔法［バベル］によって引き起こされた症状ですね」

『……ご存じなのですか？』

「先日渡航したアメリカ西海岸で、FAIR《フェア》のメンバーが使っていた魔法です。伝染性があるので、その五人は魔法的に隔離してください」

『──分かりました。早速手配します』

応える藤林《ふじばやし》の声には隠し切れない、否《いや》、隠していない非難のニュアンスがあった。おそらく情報を共有していなかったことに対する不満だろう。

「夕歌《ゆうか》さんに［バベル］の犠牲者が出たと伝えてください。彼女が治療方法を知っています」

『津久葉《つくば》さんにご連絡すればよろしいんですね？　承知しました』

達也《たつや》が［バベル］について報告した相手は真夜《まや》だけではない。本家には詳細な報告書を提出していた。また、精神干渉系魔法を得意とする夕歌《ゆうか》には［バベル］の影響を取り除く方法を直接伝えてある。被害の拡大は防止できるはずだ。

［バベル］のことは、藤林《ふじばやし》や真由美《まゆみ》に警告しておくべきだった。──そう思いながら電話を切る。口には出さなかったが、達也《たつや》は自らの失策を認め反省した。

ローラ・シモンが『導師の石板《グル》』を使って［バベル］を会得《えとく》していた可能性は、十分に予測可能だった。彼女が日本に潜入したという報告を受けた時点でそのリスクに思い至らなかったのは、シャンバラ探索に気を取られすぎていたからだろう。

幸い［バベル］によって大規模な被害が発生する事態には至っていないようだ。その点は運が良かったと言える。とはいえ［バベル］を使うローラ・シモンと［リアクティブ・アーマー］を破った賊の片割れを放置してもおけない。

場合によっては、いったん日本に戻らなければならないだろう。

狂ってしまった予定に、彼は眉を顰《ひそ》めた。

◇◇◇

予定が狂って眉を曇らせているのは、達也《たつや》だけではなかった。ウズベキスタン在留の情報員が送ってきた報告書を読んで、カノープスはため息を吐《つ》きながら背もたれに寄り掛かり天井を見上げた。

「訓練不足……経験不足……否《いや》、そういうレベルではないな。根本的に向いていないのか？」

思わず零《こぼ》れた独り言は、愚痴だった。

もう一度、報告書に目を落とす。報告の内容は彼がＩＰＵに派遣したイヴリンについて。

彼女がサマルカンドで引き起こした騒動の顚末《てんまつ》が書かれていた。

（何故《なぜ》、先制攻撃を仕掛けようなどと考えた……）

今度は独り言ではなく、心の中で呻《うめ》くカノープス。幾ら尾行されていたとはいえ、潜入中の外国で自分から任務に関係の無い戦闘を始めるなど彼の常識からすればあり得なかった。

（この情報員も何を考えている。何故《なぜ》止めなかったのだ……）

報告書から漂ってくる他人事《ひとごと》のスタンス。まるで試験官か批評家のような書きぶりだ。客観視は情報員に不可欠な資質かもしれないが、今回のこれは責任感の欠如を否《いな》めない気がする。

（ベテランの情報員だと聞いていたのだが……）

どうやら責任逃れが上手なタイプの「ベテラン」だったようだ。国外任務が初めてのイヴリンと組ませるには不適切な人選だった。いや、人選を問題にするなら、派遣したイヴリンを含めて不適切だったと言わざるを得ないだろう。

そもそも作戦自体の吟味が不十分だった。自分が現地の情勢を甘く見ていたのを認めないわけにはいかない。――カノープスは反省と共にそう考えた。

そして彼は作戦の中止と再立案、イヴリンの召還を決意した。

◇　◇　◇

襲撃事件の翌日、入院している遼介《りょうすけ》を藤林《ふじばやし》がお見舞いに訪れた。真由美《まゆみ》も同行していた。

「手術は無事に成功したそうですね。少しホッとしました」

藤林《ふじばやし》が目を覚ましていた遼介《りょうすけ》に声を掛ける。目付きがしっかりしているので、麻酔は切れているようだ。

「申し訳ありません。不覚を取りました……」

遼介《りょうすけ》は口惜《くや》しげに顔を歪《ゆが》める。多少痛みもありそうな感じだった。

「不覚だなんて、そんな。何も盗まれることなく、賊は撃退したじゃありませんか」

真由美《まゆみ》が遼介《りょうすけ》に慰めの言葉を掛ける。

「……警備員の皆さんは、どんな具合ですか？」

「怪我《けが》は、大したことはありません。魔法的な影響も対処済みです」

遼介《りょうすけ》の問い掛けに、藤林《ふじばやし》は正直な答えを返した。

真由美《まゆみ》は警備員を［雹嵐《ヘイルストーム》］の範囲外に置いていたし、［バベル］によって麻痺《まひ》した言語機能は夕歌《ゆうか》が左側頭葉《そくとうよう》に食い込んだ魔法式を除去して回復させていた。

「入院が必要なのは遠上《とおかみ》さんだけですよ」

「そうですか……」

再び遼介《りょうすけ》の顔が曇った。

遼介《りょうすけ》を励まそうと真由美《まゆみ》が口を開く。

だが藤林《ふじばやし》のセリフの方が早かった。

「相手の魔法師にも十分なダメージを与えたから、撃退できたのでしょう？」

「……肋骨《ろっこつ》を折った手応えがありました」

「でしたら相討ちですね」

「そうでしょうか？」

「そう思います」

客観的に、事実を指摘する口調。この藤林《ふじばやし》との短い遣《や》り取《と》りで、負けてもいないのに負けた気分になっているのはある意味で思い上がりだと遼介《りょうすけ》は気付いた。その裏には「勝てないのは情けない」という思いが潜んでいると気付かされた。

自分が最強というわけではないのだ。常勝不敗というわけにはいかない。そんな当たり前のことを彼は思い出した。

慰めにはならなかったが、遼介《りょうすけ》の落ち込んでいた気分がフラットになった。

「それにしても遠上《とおかみ》さんの魔法シールドをナイフで貫くなんて、只者《ただもの》ではありませんね。正体に何か心当たりはありませんか？」

「……正体と言われても、私は魔法師社会に余り詳しくありませんし……。そう言えば、あの男は『ルゥ・ドンビン』と名乗っていました」

「ルゥ・ドンビン……呂洞賓《りょどうひん》ですか」

古式魔法師の血筋を持ち兵力として現代魔法を運用する特殊部隊に所属していた経歴から、藤林《ふじばやし》は現代魔法師にも古式魔法師にも詳しい。彼女は『ルゥ・ドンビン』の音韻を、東亜大陸伝説の仙人『呂洞賓《りょどうひん》』とすぐに結び付けた。

「シールドを破られた時はどんな感じがしましたか？」

藤林《ふじばやし》は質問を重ねた。

遼介《りょうすけ》が眉間に皺《しわ》を寄せて考え込む。脇腹の手術からまだ半日も経《た》っていない。戦闘と手術で体力を消耗しているのだろう。遼介《りょうすけ》の表情は少し辛《つら》そうだ。

だが藤林《ふじばやし》は遼介《りょうすけ》を見詰めたまま答えを待った。真由美《まゆみ》が目で中止を訴えているのは無視した。

真由美《まゆみ》は本当にお見舞いに来たのだが、藤林《ふじばやし》の主な目的は事情聴取だ。敵の手の内は可能な限り探り出しておかなければならない。現状で情報源が遼介《りょうすけ》しか存在しない以上、相手が怪《け》我人《がにん》でも根掘り葉掘り訊《たず》ねる格好になるのは避けられなかった。

「……アーマーはナイフで貫かれたのではないと思います」

藤林《ふじばやし》はシールドと言い、遼介《りょうすけ》はアーマーと言った。意味するものは同じ。一般的な名称はるだけだ。

「魔法シールド」。遼介《りょうすけ》は［リアクティブ・アーマー］の省略形で「アーマー」と表現してい

「ヤツの胸を殴った直後にアーマーを消されていました」

「接触によって魔法を強制解除されたのですか？　……中和かしら」

「中和？」

鸚鵡返《おうむがえ》しの、遼介《りょうすけ》の反問。

藤林《ふじばやし》の表情は、何か心当たりがありそうなものだ。

だが彼女は「いえ、何でもありません」としか答えなかった。

藤林《ふじばやし》は疲れさせてしまったことを遼介《りょうすけ》に謝罪して、病室から出て行った。

個室には真由美《まゆみ》と遼介《りょうすけ》の二人きり。室内に気まずい空気が漂い始める。

甘い空気、でないところが、やや残念だが。

「あの、えっと……七草《さえぐさ》さんは、お怪我《けが》はありませんでしたか？」

遼介《りょうすけ》が焦《あせ》り気味に話し掛けたのは、沈黙が耐えられないものになる予感があったからだ。

「はい、大丈夫です。御蔭様《おかげさま》で……」

真由美《まゆみ》に少しホッとした素振りが見られるのも、同じ理由だった。

「ローラ・シモンを相手に無傷とはさすがですね」

「いえ、もっと厄介な相手を遠上《とおかみ》さんが引き受けてくださったので」

徐々に調子を取り戻した真由美《まゆみ》が、七草家《さえぐさ》ご令嬢の笑みを遼介《りょうすけ》に向ける。

遼介《りょうすけ》にとって最高の女性はレナだ。だが彼がレナに向ける感情は好意を超えた崇拝であり、神聖視の余り恋愛対象どころか生身の人間とも認識できていないところがある。

真由美《まゆみ》の洗練された作り笑いは、レナの上品でありながら素朴な、作られていない笑みには無い計算された魅力――魅了の力があった。

真由美《まゆみ》に遼介《りょうすけ》を誘惑する意図は無い。彼女の「作り笑い」は、作ろうと意識する必要が無いレベルまで洗練され完成されていた。

不意に口ごもってしまった遼介《りょうすけ》に、真由美《まゆみ》は笑みを浮かべたまま小首を傾《かし》げる。その無邪気そうな仕草にも、相手の好意を引き出すべく研鑽《けんさん》された技巧が詰まっていた。――無論、「小首を傾《かし》げる」練習を真由美《まゆみ》がしていたというわけではない。ダンスやマナーのレッスンで磨かれた立ち居振る舞いがこういうちょっとした仕草にも反映されているだけだ。

「もしかして、ご気分が優れないのではありませんか？」

そう言いながら真由美《まゆみ》は上半身を屈《かが》めて遼介《りょうすけ》の目をのぞき込む。真由美《まゆみ》はおそらく、遼介《りょうすけ》が痛みを隠していないかどうか確かめようとしているだけだ。

だが上から顔を近付けられるというのは、身長の関係で普段見下ろしている方からすれば居心地が悪いものだ。相手が魅力的な異性となれば、照れ臭さが耐え難《がた》いものになる。

自然な反応として（？）遼介《りょうすけ》は目を逸《そ》らした。

ただ顔を背けるのは、あからさますぎて気が引ける。心配してくれている真由美《まゆみ》に失礼な気がした。故に遼介《りょうすけ》は、顔を動かさずに目線を下に向けた。

その結果、視界に飛び込んできたのは小柄な身体《からだ》に似合わぬ豊かな胸だ。

素肌が見えているわけではない。真夏にも拘《かか》わらず、真由美《まゆみ》は露出が少ない半袖のブラウスを着ている。

だが、露出が少ないといっても夏物だ。透けてこそいないが、生地は薄い。これほど間近では、下着に包まれた胸の形が否応《いやおう》なく分かってしまう。

遼介《りょうすけ》は慌てて目を瞑《つぶ》った。

その反応で、真由美《まゆみ》はようやく自分の体勢が与えている影響に気付いた。

真由美《まゆみ》は慌てて身体《からだ》を起こし、胸を隠すように両手を上げて羞《は》じらいに頰を染めた。

その一つ一つの動作が蠱惑《こわく》的で、遼介《りょうすけ》をさらに居たたまれなくさせる。

居たたまれないのは、真由美《まゆみ》も似たようなものだった。遂《つい》に耐えきれなくなったのか。取って付けたような辞去のセリフを口にして、真由美《まゆみ》はそそくさと病室を後にした。

◇　◇　◇

ウズベキスタン、ブハラ。現地時間、八月十二日午前九時。日本時間、同日午後一時。

達也《たつや》は衛星電話で藤林《ふじばやし》から報告を受けていた。

「……なる程。シールドに接触することで、それを消したのですね」

彼が聞いているのは病院で行った遼介《りょうすけ》の事情聴取の結果だ。

『逆位相の想子《サイオン》波で中和したのではないかと思われます』

藤林《ふじばやし》の推測に、達也《たつや》は「同感です」と相槌《あいづち》を打った。

「敵は呂洞賓《ルウドンビン》と名乗ったということですが……」

そして、敵の正体を再確認した。

『はい。おそらく「八仙《はっせん》」でしょう』

大亜連合《だいあれんごう》軍の特殊工作部隊、古式魔法師の戦闘員で構成される精鋭チーム『八仙《はっせん》』。その存在は独立魔装連隊が大隊の頃から要注意集団としてマークしていた。独立魔装大隊に所属していた当時の達也《たつや》は詳しい情報を渡されていなかったが、概要だけは教えられていた。おそらく現時点でも、『八仙《はっせん》』については藤林《ふじばやし》の方が詳しいだろう。

「大亜連合《だいあれんごう》がＦＡＩＲ《フェア》に目を付けたということですか」

『FAIR《フェア》は大亜連合《だいあれんごう》と敵対関係にあった顧傑《グ・ジー》が黒幕となって創設した組織だと聞いていますので、以前からあった繋《つな》がりではないでしょう。今回の警察からの逃亡を助けた華僑《かきょう》人脈を通じて接触したのではないかと』

「おそらく、そんなところでしょう。しかし今回の事件で問題となるのは、FAIR《フェア》ではありません」

『仰《おっしゃ》るとおりだと思います』

今度は藤林《ふじばやし》が達也《たつや》の指摘に相槌《あいづち》を打った。

『大亜連合《だいあれんごう》の西側を活動地域にしていた『八仙《はっせん》』が何故《なぜ》アメリカのFAIR《フェア》と手を組み、何故《なぜ》日本で強盗を働こうとしたのか。どうにも目的が読めません』

「これはまだ憶測に過ぎませんが、FAIR《フェア》が発掘した先史文明の魔法に興味を持ったのかもしれません」

藤林《ふじばやし》の困惑に、達也《たつや》は一つの仮説を示す。

『先史文明魔法［バベル］が目的だったと？』

「もしそうであれば今回の襲撃に［バベル］が使用されたのも、呂洞賓《ルウドンビン》が誘導した結果なのかもしれませんね」

『呂洞賓《ルウドンビン》がFLT襲撃に協力したのは［バベル］を観測するのが目的だったということですか？』

「そう考えれば、あっさり引き下がった理由も説明が付きます」

肋骨《ろっこつ》骨折による撤退を「あっさり」と達也《たつや》は表現した。

藤林《ふじばやし》は一瞬違和感を覚えたが、「確かに精鋭工作部隊なら、その程度で引き下がるのはおかしい」と思い直した。


藤林《ふじばやし》との通話を終えた達也《たつや》は、そのまま衛星電話で別のナンバーをコールした。

三回、四回と呼び出し音が重なる。七回を数えてもまだつながらない。

日本は午後一時過ぎだ。仕事が忙しくて手が離せないのかもしれない。

「後でかけ直すか」と達也《たつや》が考えた、ちょうどそのタイミングで応答があった。

『すみません、お待たせしました！　文弥《ふみや》です』

電話口から聞こえてくる文弥《ふみや》の声には焦《あせ》りが感じられる。やはり相当忙しいようだと達也《たつや》は思った。

「忙しそうだな。こちらこそすまない。掛け直すから都合の良《い》い時間を教えてくれ」

『いえ、大丈夫です！　御用は何でしょうか？』

文弥《ふみや》の声から感じられる焦《あせ》りの色が一層濃くなった。「無理をしているのではないか」と達《たつ》也《や》は思ったが、彼も用があって電話を掛けている。ここは遠慮をしないことにした。

「ＦＬＴ襲撃の件は知っていると思う」

『あっ、はい。驚きました。僕たちが警備していれば、賊を逃がしたりはしなかったんですが……』

「あの事件の後始末に力を貸してもらいたい。仕掛かり中の案件を抱えているところに申し訳ないのだが……」

『大亜連合軍《だいあれんごう》の工作員が絡《から》んでいるんですよね？　でしたらそちらの優先度の方が高いです。犯人を捕まえれば良《い》いんですか？』

文弥《ふみや》は張り切っていた。前のめりと言って良いほど前向きだった。

「いや、捕まえるのは俺がやる。一つ確かめてみたいことがあるからな」

『分かりました。それでは早速捜索に掛かります』

達也《たつや》がオーダーを口に出す前に、文弥《ふみや》は達也《たつや》が求めていることを理解した。

『対象は呂洞賓《ルウドンビン》とローラ・シモンの二人ですね？』

「いや、呂洞賓《ルウドンビン》だけで良《い》い。ローラ・シモンはついでで構わない」

しかし残念ながら、以心伝心とはいかなかったようだ。

『呂洞賓《ルウドンビン》とローラ・シモンが別行動しているとお考えなんですか？』

「五分五分だな。だがローラ・シモンは我々が動かなくても、古式の術者が放置しないだろう」

揶揄《やゆ》含みの口調で達也《たつや》が言う。

『そうですね。伝統各派にとって魔女は「有害外来種」ですから』

文弥《ふみや》は大真面目な声音でそれに応じた。

そして二人は衛星電話回線を挟んで、声を揃《そろ》えて笑った。

◇　◇　◇

達也《たつや》は衛星電話機を、ホテルの部屋のベランダで使っていた。二件の通話を終え達也《たつや》が部屋の中に戻ると、そこには同室の兵庫《ひょうご》だけでなく深雪《みゆき》とリーナの姿もあった。

「達也《たつや》様、藤林《ふじばやし》さんからですか？」

深雪《みゆき》の問い掛けに、達也《たつや》は「そうだ」と頷《うなず》く。

「昨日の襲撃の件で遠上《とおかみ》から聴取した話を報《しら》せてくれた」

そして、こう付け加えた。

「犯人はやっぱり、ＦＡＩＲ《フェア》の一味だったの？」

今度はリーナが、せっかちに訊《たず》ねる。

「襲撃犯は二人組。一人はＦＡＩＲ《フェア》のローラ・シモンで、もう一人はルゥ・ドンビンと名乗ったそうだ」

「ルゥ・ドンビン？　チャイニーズなの？」

「正体はおそらく、大亜連合軍《だいあれんごう》の魔法師工作員だ」

「FAIR《フェア》が大亜連合軍《だいあれんごう》と手を組んだのですか⁉」

深雪《みゆき》が驚きを露《あら》わにする。

「おそらくな」

「一体どうやって⁉」

リーナは憤慨しているようだ。

何に憤《いきどお》っているのかは、次のセリフで分かった。

「西海岸に工作員の侵入を許したっていうの⁉」

FAIR《フェア》の方から大亜連合軍《だいあれんごう》に助けを求める伝手《つて》があるとは思えない。大亜連合軍《だいあれんごう》の方から、工作員かエージェントを使って逃亡中のロッキー・ディーンかローラ・シモンに接触したと考えるのが妥当だ。それは取りも直さず、大亜連合《だいあれんごう》の工作員がUSNA西海岸に潜入したことを意味していた。

「華僑《かきょう》人脈を使ったのだろう。統制国家でもなければ鎖国しているわけでもないんだ。外国からの侵入を完全に防ぐというのは現実的じゃない」

「それは、そうだけど……」

達也《たつや》に宥《なだ》められて、リーナは取り敢《と》《あ》えず落ち着いた。

「そのルゥ・ドンビンだが、看過できない魔法技能を使っている」

「特殊な魔法なのですか？」

深雪《みゆき》も既に平常心を取り戻している。彼女は落ち着いた口調で達也《たつや》に訊《たず》ねた。

「遠上《とおかみ》の個体装甲魔法が無効化された」

「……それの何が気になるの？」

リーナは不思議そうだ。達也《たつや》が何を問題視しているのか、分からないのだろう。

「遠上《とおかみ》の個体装甲魔法は旧第十研で開発されたものだ。強度だけなら［ファランクス］に匹敵する」

「……だから？」

「十文字家《じゅうもんじけ》の［ファランクス］は十師族《じゅっしぞく》最強の防御魔法。それに匹敵する遠上《とおかみ》さんの個体装甲魔法を無効化したということは、十師族《じゅっしぞく》の魔法ではルゥ・ドンビンの攻撃を防げない……。そういうことですよね、達也《たつや》様」

達也《たつや》がリーナの疑問に回答するより先に、深雪《みゆき》が答えを推測してみせた。

「なる程」

リーナは深雪《みゆき》の推理に納得した。

「それだけではない」

だが達也《たつや》にとって、正解はその一つだけではなかった。

「遠上《とおかみ》の個体装甲魔法を無効化した方法も重要だ。同じ無効化技術を持つ敵と戦う場合に備えて、手の内を知っておかなければならない」

「……ご自分で戦われるのですか」

問い掛ける深雪《みゆき》の声には、隠し切れない不安が滲《にじ》んでいた。

「そのつもりだ」

一方、達也《たつや》の表情には迷いが無かった。当然——と言って良いのか——不安も見られない。

「魔法無効化手段が分からない状態で対決されるのは、危険ではないでしょうか」

「全く分からないわけではない。おおよその見当は付いている」

「そうなのですか？」

「おそらく、呪詛《じゅそ》返しの技術を応用した中和だ」

「呪詛《じゅそ》返し……？」

「中和、ですか……？」

リーナと深雪《みゆき》が、揃《そろ》って小首を傾《かし》げる。

しかし達也《たつや》は、それ以上の詳しい説明はしなかった。

◇◇◇

レナは硬い表情のイヴリンを前にして、緊張を覚えていた。

場所はサマルカンドのホテルだ。部屋を訪ねてきたイヴリンに「話がある」と言われて、レナは彼女を中に招き入れた。

椅子を勧めても、イヴリンは中々腰を下ろそうとしない。レナも仕方無く立ったままだ。

部屋の中はイヴリンと二人きり。

レナは息苦しさを感じ始めていた。

「先程、本国から帰還命令を受領しました」

イヴリンがようやく口を開いた。その内容は、思い掛けないものだった。

しかし、考えてみれば不思議ではない。一昨日、市内であんな騒ぎを起こしたのだ。人通りが少ない街外れとはいえ潜入している外国の市中で魔法の撃ち合いなど、外交上の問題に発展してもおかしくない。いや、既に外交問題化しかけているのかもしれなかった。

「ミズ・フェール。貴女《あなた》がたはどうしますか？」

レナは無言で瞬《まばた》きを繰り返した。質問の内容が意外すぎて、咄嗟《とっさ》に答えを返せなかったのだ。

「……もちろん帰国します。私たちにはこの国に留まる理由がありません」

短くない沈黙の後、ようやく絞り出したレナの答えにイヴリンの強張《こわば》っていた表情が動く。

「あっ！」という、度忘《どわす》れしていたことを思い出したような顔になった。

実際に度忘《どわす》れしていたのだろう。レナはイヴリンがＩＰＵに入国する為《ため》の口実に使われて、ここサマルカンドまで連れてこられた。その事実が頭にあったのなら「自分は帰国するが貴女《あなた》はどうするのか？」＝「自分は帰国するが貴女《あなた》はこの国に残るか？」などという質問が出てくるはずはなかった。

「そうですね……。失礼しました。帰りのチケットは領事館に用意させます」

イヴリンは別人のように殊勝な態度だ。

相当厳しく叱られたのだろうな、とレナは少し同情した。

◇◇◇

呂洞賓《ルウドンビン》の居場所に関する電話が達也《たつや》に掛かってきたのは、調査を依頼した翌日の夜、早めの夕食を終えて部屋に戻った直後のことだった。

「もう分かったのか。陳腐な褒め言葉だが、さすがだな」

『陳腐であっても達也《たつや》さんからのお褒めであれば喜んで受け取ります。ただ、一つ言わせてください。何故《なぜ》文弥《ふみや》にばかりお電話なさいますの？　偶《たま》には私に掛けてくださっても良いではありませんか』

衛星回線の向こうで不満を漏らしているのは亜夜子《あやこ》だった。

「気が付かずに済まない。次は亜夜子《あやこ》に頼むことにしよう」

『約束ですよ』

言い方はツンツンしているが、電話機から聞こえてくる亜夜子《あやこ》の声調は、上向いた機嫌を隠そうとして隠し切れないという印象のものだった。

『それで、呂洞賓《ルウドンビン》の潜伏先ですけど……』

仕事モードに口調を切り替えて亜夜子《あやこ》が調査結果を報告する。

「……西川口《にしかわぐち》か。意外、でもないな」

旧埼玉《さいたま》県南部、西川口《にしかわぐち》。その地名を聞いて、達也《たつや》は独り言のように呟《つぶや》いた。

五年前に起こった大亜連合《だいあれんごう》軍の侵攻で、横浜《よこはま》一帯では漢人や華僑《かきょう》に対する警戒感が高止まりしている。中華街《ちゅうかがい》には厳しい目が向けられ、商店やレストランの客足は回復していない。中華街《ちゅうかがい》だけでなく、鶴見《つるみ》から横須賀《よこすか》に掛けての広い範囲でこの傾向が続いていた。そのような事情を考慮すれば、大亜連合《だいあれんごう》の工作員が潜伏先に東京湾岸より内陸部を選ぶのは妥当かもしれない。

『それから、ローラ・シモンですが……』

「見付からなかったか」

途端に歯切れが悪くなった亜夜子《あやこ》の口調から、セリフの続きを推測するのは容易だった。

『達也《たつや》さんが仰《おつしや》ったとおり、別行動を取っているようです』

亜夜子《あやこ》の声音に混じった諦念はローラを発見できなかったことに対してではなく、達也《たつや》に見透かされてしまったことに対してだった。

「文弥《ふみや》にも言ったが、今は呂洞賓《ルウドンビン》を優先する。見失わないように監視してくれ」

『それはもちろん、心得ております』

「明日、いったんそちらに戻る」

『お待ちしております』

ベランダから室内に戻った達也《たつや》は兵庫《ひょうご》に声を掛けた。

既に立ち上がっていた兵庫《ひょうご》が「お呼びでしょうか」と応える。

「明日は調査を中断して、いったん帰国します」

「かしこまりました。お荷物は如何《いかが》致しましょう?」

「このままホテルに置いておいてください」

「そのように致します」

頭を下げる兵庫《ひょうご》に頷《うなず》いて、達也《たつや》は昔風の受話器を取った。そして、隣の部屋に内線電話を掛ける。

『達也《たつや》様、何か御用ですか?』

隣の部屋で受話器を取ったのは深雪《みゆき》だった。

「明日のことで相談がある。すまないがリーナを連れて部屋に来てくれないか」

『かしこまりました』という深雪《みゆき》の答えを聞いて、達也《たつや》は受話器を置いた。

深雪《みゆき》とリーナの二人が部屋に来たのは、五分近くが経過した後だった。

時間が掛かった理由はすぐに分かった。二人は明らかにメイクを直していた。

無論、五分程度の時間で達也《たつや》は彼女たちを咎《とが》めはしない。達也《たつや》は二人をテーブルの前に座らせて、兵庫《ひょうご》に飲み物を依頼した。

「呂洞賓《ルウドンビン》の居場所が判明した。明日は調査を中断する」

シャンバラ探索の中断は予定されていたことだったので、深雪《みゆき》にもリーナにも驚いている様子は無かった。

「日本にお戻りになるのですか？」

深雪《みゆき》の質問も確認の為《ため》のものだ。

「高千穂《たかちほ》を経由して巳焼島《みやきしま》に降りる」

達也《たつや》が答えたタイミングで兵庫《ひょうご》が飲み物を三人の前に置く。彼が用意したのは緑茶だった。

「兵庫《ひょうご》さん」

お茶を配り終えた兵庫《ひょうご》に達也《たつや》が話し掛けた。

「はい、達也《たつや》様」

「この後、先日、宇宙服を取り寄せた空き地まで運転してもらって良いですか」

「ご命令のままに」

兵庫《ひょうご》はいつもどおり、恭《うやうや》しく頭を下げた。

「わたしもご一緒して良いですか？」

「当然、ワタシたちも一緒よね？」

似たような眼差《まなざ》しで同行を求める二人は、顔立ちの差異にも拘《かか》わらず仲が良い《い》姉妹のようだ。

今の深雪《みゆき》は婚約者でリーナはその親友兼護衛だが、達也《たつや》は妹が二人になったような気分になった。その気が無くても、思わず頷《うなず》いてしまいそうだ。

「最初から二人にも来てもらうつもりだった」

もっとも今回は彼の方から同行を頼む予定だったので、この展開は話が早かった。

◇　◇　◇

現地時間午後十一時。達也《たつや》はウズベキスタン、カガン郊外の空き地で星空を見上げていた。

背後にはボックスワゴン車を改造したキャンピングカーが駐《と》まっている。

彼の服装はスキンタイトタイプの宇宙服。身体《からだ》に密着したスーツは、ツナギやドライスーツよりレーシングスーツ、もっと言うなら特撮戦隊ものの戦闘スーツに防火服のフードを被《かぶ》ったような印象のものだった。

キャンピングカーのリアゲートが開く音に達也《たつや》が振り返る。

出てきたのは、達也《たつや》と同じ宇宙服を着た二つの人影。身体《からだ》に密着したスーツのボディライン が優美なカーブを描いていることから、女性であることが分かる。フードと一体化している不透明なバイザーで顔は見えない。だがシルエットだけで美人オーラを漂わせているその二人は、深雪《みゆき》とリーナだ。

「サイズは問題無かったようだな」

会話の距離まで近付いてきた二人に達也《たつや》が声を掛ける。と言ってもフードは完全に気密されているので、通信器を通してだ。

『あの、おかしくありませんか？』

深雪《みゆき》の声が耳元から聞こえてくる。身を寄せ合う距離で囁《ささや》かれているような感じだ。深雪《みゆき》だから違和感は無いが、相手が変われば少々変な感じがするかもしれない。達也《たつや》はそう思った。

「いや、少しもおかしな所は無い。立派なアストロノートだ」

歴史的に言えば「アストロノート」は「アメリカで訓練をした宇宙飛行士」のことを指していたのだが、達也《たつや》は一般的な意味でこの言葉を使っていた。

『ワタシはどう？』

耳元から聞こえてくるリーナの声は、やはり奇妙な感覚をもたらす。

「もちろんリーナもだ。何も違和感は覚えない」

声以外は、と達也《たつや》は口に出さずに付け加えた。

宇宙服は宇宙船外活動《EVA》の為《ため》のツールである。地球外天体有人探査が一世紀以上にわたり行われていない現状では、宇宙遊泳の為《ため》の道具と言っても間違いではない。

その宇宙服を深雪《みゆき》とリーナに着せた理由は、言うまでもないだろう。

「これが宇宙なのですね……！　体感は飛行魔法に似ていますが……駄目ですね。とても言葉では言い表せません……」

深雪《みゆき》が感極まって言葉を失えば、

「アハッ！　これが宇宙！　前から来てみたかったのよね。凄《すご》く良《い》いわ！　アハハハハハ！」

リーナは興奮の余りおかしなテンションになっていた。

達也《たつや》はそんな二人を微笑《ほほえ》ましげに見ている。

眼《め》の前《まえ》には夜の地球。背後には巨大な衛星軌道居住施設《オービタル・レジデンス》。上と下と左右には暗黒の宇宙に浮かぶ星々。三人は［仮想衛星エレベーター］で高千穂《たかちほ》の前に来ていた。

「宇宙はお気に召しましたか？」

通信機越しに話し掛けられて、深雪《みゆき》とリーナは背後へ振り返った。足場が無い宇宙空間だが、宇宙服に飛行魔法デバイスが付属しているので思いどおりに動ける。――なお達也《たつや》は、話し掛けられる前に振り返っていた。

「光宣《みのる》君！」

「ミノル！　宇宙服は⁉」

振り返った深雪《みゆき》とリーナは、驚愕《きょうがく》の余り叫んだ。

光宣《みのる》は普段着姿で、宇宙空間に立っていた。

「一々着込むのが面倒なんですよ」

もっとも、彼女たちはすぐに驚きから抜け出した。

肩を竦《すく》める光宣《みのる》を見ても、呆《あき》れることすら無い。彼女たちもここに長期間住んでいたら、光《み》宣《のる》と同じく毎回宇宙服を着ようとは思わなくなるに違いなかったからだ。

対物・対放射線シールドの中に空気を取り込んで外に出る。光宣《みのる》だけでなく深雪《みゆき》にもリーナにも、彼女たちの魔法技能を以《もっ》てすればそれほど難しいことではなかった。

「……ここは確かに絶景ですが、そろそろ中に入りませんか？」

光宣《みのる》の目は達也《たつや》に向けられているが、彼の言葉が向けられているのが深雪《みゆき》とリーナの二人であることは明らかだった。

達也《たつや》、深雪《みゆき》、リーナ、光宣《みのる》の四人は高千穂《たかちほ》の居住区画で一つのテーブルを囲んでいた。

「どうぞ」

水波《みなみ》が四人の前に一つ一つ飲み物を置いた。カップに注がれたコーヒーだ。深雪《みゆき》とリーナの分にはコーヒーに加えて、泡立てたミルクが入っている。

「本当に、下と同じ生活ができるのね……」

コーヒーカップを手に取ったリーナが、感心を込めてしみじみと呟《つぶや》いた。

この高千穂《たかちほ》の居住区画は人造レリック・マジストアに保存した重力魔法によって、地上と同じ一Gの重力に保たれている。気圧も一atm《アトム》（一気圧）。中にいると、ここが宇宙だということを忘れてしまいそうだ。

その思いは深雪《みゆき》も同じだった。

二人とも、達也《たつや》がこの施設をそういう風に設計したことは知っていた。だが実際に経験してみると、予想以上に地上そっくりな環境だった。

「光宣《みのる》。水波《みなみ》も、こんな時間にすまないな」

光宣《みのる》たちは日本時間に合わせて生活している。今は日本時間で、もうすぐ午前四時になるところだ。あらかじめ了解を取っていたとはいえ、間違いなく訪問には迷惑な時間だ。

「いえ、お気になさらぬようお願いします」

光宣《みのる》よりも先に水波《みなみ》が、以前と変わらぬ恭《うやうや》しい態度で応えた。

「むしろ、来てくださって嬉《うれ》しいです。特に水波《みなみ》さんは、皆さんのお見えを今か今かと楽しみにしていましたので」

その後に光宣《みのる》がすかさず、こう付け加えた。

「光宣様《みのるさま》⁉」

水波《みなみ》が顔を赤くして抗議の声を上げる。ただしそれは明らかに、怒りによる赤面ではなく羞恥によるものだった。

恨めしげな目を向けてくる水波《みなみ》を、光宣《みのる》は愛《いと》おしげに見詰め返している。その愛情に満ちた眼差《まなざ》しに、水波《みなみ》の顔はますます赤みを増した。

水波《みなみ》が先に目を逸《そ》らす。

光宣《みのる》の眼差《まなざ》しに更なる愛《いと》しさがこもり、彼は意識せず優しい笑みを浮かべた。

ただ――彼が余裕を持っていられたのは、ここまでだった。

「……二人とも、上手《うま》くやっているようね。わたしも嬉《うれ》しいわ」

横から掛けられた深雪《みゆき》の言葉に、光宣《みのる》の顔も水波《みなみ》に負けないくらい真っ赤になった。


話し合いが再開したのは、と言うより本題にようやく入れたのは十分後のことだった。

「次に日本に近付いたタイミングで、俺たちは巳焼島《みやきしま》に降りる」

「分かりました。それに合わせて軌道を調節しておきます」

高千穂《たかちほ》は同一高度であれば南北に各三十度まで軌道を変えることができる。スラスターによる軌道変更ではなく、飛行魔法と同じ原理の魔法による軌道変更だ。魔法による事象改変には復元力が働くから、一定時間を掛けて自動的に元の軌道に復帰する。

「敵の魔法師、呂洞賓《ルウドンビン》の所には俺一人で行く。深雪《みゆき》とリーナには巳焼島《みやきしま》で待機してもらう」

達也《たつや》のこのセリフを聞いて、光宣《みのる》は深雪《みゆき》とリーナに「それで良《い》いんですか？」という目を向けた。

深雪《みゆき》は無表情を作って「納得してはいないが、大人しく従う」という意思を示し、リーナは眉尻を下げた力の無い笑みで「仕方無い」という諦めを表現した。

「……光宣《みのる》と水波《みなみ》も、一緒に降りるか？　ただ俺の帰りを待つより、その方が深雪《みゆき》たちも楽しいだろう」

光宣《みのる》、深雪《みゆき》、リーナのアイコンタクトを目敏《めざと》く認めた達也《たつや》が、予定外の提案をした。

「あっ、いえ、そうですね……」

光宣《みのる》が目を泳がせる。

「……それでは、水波《みなみ》さんだけお世話になって良《い》いですか？」

光宣《みのる》は少し考えて、そのような申し入れをした。

達也《たつや》が深雪《みゆき》に目を向ける。

「達也《たつや》様がお留守にされていると、男性一人で光宣《みのる》君も居心地が悪いでしょうからね……。水《み》波《なみ》ちゃん、達也《たつや》様のお仕事が片付くまで、付き合ってもらえないかしら」

「私でよろしければ喜んで」

いきなり話を振られても、水波《みなみ》は慌てなかった。

「ミノルも来れば良いのに」

リーナが卓袱台《ちゃぶだい》をひっくり返すようなことを言ったが、光宣《みのる》は微《かす》かに笑いながら無言で首を横に振った。

テーブルは、女性だけのお茶会に移行していた。

達也《たつや》は恒星炉を始めとする魔法システムを点検しておきたいという口実でその場を離れ、光宣《みのる》も達也《たつや》に付いて来た。

ただ点検というのは、中身の無い口実ではなかった。

「――宇宙空間だからといって、劣化が早いわけではないようだな」

「それをうかがって安心しました」

達也《たつや》は高千穂《たかちほ》に使われている人造レリック・マジストアを一つ一つ丁寧に見て回った。

全ての人造レリックを点検し終えた達也《たつや》は、基になった潜水艦の発令所を改造した情報センターで、光宣《みのる》に「一休みしよう」と提案した。

光宣《みのる》がサポートのパラサイドール『マルコ』に、水波に気付かれずに水を持ってくるよう命じる。

光宣《みのる》は中性的な外見のパラサイドールが持ってきたプラスチックのコップを二つとも受け取り、一つを達也《たつや》に差し出した。

「今回の敵は、僕がチベットで戦った連中の仲間だそうですね」

「推測だが、間違いないだろう」

コップを差し出しながら掛けられた問いに、達也《たつや》は推測と言いながら確信をのぞかせる口調で答えた。

「そうだ。お前の意見を聞かせてもらいたいことがある」

そして達也《たつや》には珍しいことだが、「今思い付いた」という表情でこう言った。

「何でしょうか？」

「チベットで戦った『八仙《はっせん》』と思われる道士だが、魔法を無効化する術を使ったのだったな」

「ええ。その術についてお訊《き》きになりたいんですか？」

「そうだ。光宣《みのる》はどうやって無効化していると考えている？」

「少なくとも術式解体《グラム・デモリッション》や術式解散《グラム・ディスパージョン》ではないと思います」

光宣《みのる》は慎重な答えを返した。これは、彼も魔法無効化術式について考察を重ねていて、まだ結論を出せていないからだった。

「そうか。俺は『呪詛《じゅそ》返し』の技術を応用した中和ではないかと考えているのだが、光宣《みのる》はどう思う？」

「……何故《なぜ》そのようにお考えなのか、理由をうかがっても良いですか？」

光宣《みのる》に問い返されて、達也《たつや》は藤林《ふじばやし》が聞き出した遼介《りょうすけ》の戦闘情報を話した。

「……相手に攻撃が届いた直後、魔法を無効化されたんですね？　魔法が届いたのと同時ではなく」

「相手も無防備に拳を受けたのではないだろう。回避か、少なくともダメージを軽減する技を使っていたはずだ。それに、打撃に対して全く身体《からだ》を鍛えていないというのも考えにくい。生身の拳撃一発で肋骨《ろっこつ》を折ったというより、インパクトの瞬間にはまだ、個体装甲魔法の効果が残っていたと考える方が納得できる」

「なる程……。魔法を消すのにわずかなタイムラグがあって、無効化前の一瞬にダメージを与えていた、ということですか」

「そのダメージに拳撃が重なって、骨折という戦果を挙げたのだと思う」

「でも遠上《とおかみ》は骨を折った手応えを感じているんですよね？」

光宣《みのる》も達也《たつや》に倣《なら》って、遼介《りょうすけ》のことを「遠上《とおかみ》」と苗字《みょうじ》呼び捨てで呼んでいる。

「だったらタイムラグは、ほんの一瞬ですよ？」

「その一瞬が、逆位相の想子《サイオン》波を作り出して放つ為《ため》に必要な時間ではないかと考えている」

「……そういえば、思い当たる節があります」

光宣《みのる》は少し考えて、記憶を掘り出した。

「僕が敵の攻撃を『呪詛《じゅそ》返し』で反射した際、相手は送り返された魔法を無効化できませんでした」

「それにはどのような意味があるんだ？」

「古式魔法の技術的な制約です。『呪詛返《じゅそ》し』をさらに『呪詛返《じゅそ》し』で反射することはできません。それを許してしまうと、術の威力が無限に上昇してしまいますから」

「──『世界は無限を認めない』、か」

「はい。その原則は古式魔法にも当てはまります」

達也《たつや》と光宣《みのる》が目を合わせて頷《うなず》き合う。

「やつらの魔法無効化術式が『呪詛返《じゅそ》し』を応用した中和だという推理は、正しいと思います」

アイコンタクトで確認しあった答えを、光宣《みのる》は改めて口にした。

◇◇◇

八月十四日、午前十時。

「達也《たつや》さん、深雪《みゆき》さん、リーナ。お疲れ様です。水波《みなみ》さんは、お久しぶりね」

巳焼島《みやきしま》に降りた四人を出迎えたのは亜夜子《あやこ》だった。

「迎えに来てくれたのか」

「はい。呂洞賓《ルウドンビン》の潜伏先へご案内します」

亜夜子《あやこ》が達也《たつや》に、にっこりと笑い掛ける。

それに対して達也《たつや》は、申し訳なさそうな表情を浮かべた。

「すまないが、一休みしてから出発したい。昨夜は、ほとんど徹夜だったからな。手の内が分からない相手との戦闘だ。体調を整えておく必要がある」

「そ、そうですね。分かりました、お待ちしております」

亜夜子《あやこ》もばつが悪そうな顔になった。

◇　◇　◇

達也《たつや》と亜夜子《あやこ》が小型ＶＴＯＬに乗り込んだのは、午後四時過ぎだった。

ちなみにそれまでの時間、亜夜子《あやこ》は一人で待っていたのではなく水波《みなみ》とお茶をして過ごしていた。パラサイト化によるものか、水波《みなみ》は余り眠らなくても大丈夫ということだった。本人の弁によると、眠っても眠らなくてもパフォーマンスは変わらないらしい。睡眠時間ではなく魔法行使の累積時間が体調を左右するのだそうだ。

「では行ってくる」

「お気を付けて」

「土産話を楽しみにしているわ」

何処《どこ》までも達也《たつや》を気遣う深雪《みゆき》と、深刻さの欠片《かけら》もないリーナ。それに、何も言わずお辞儀をする水波《みなみ》。

三人に見送られて、達也《たつや》と亜夜子《あやこ》は巳焼島《みやきしま》を飛び立った。

◇　◇　◇

達也《たつや》は巳焼島《みやきしま》からまず、調布《ちようふ》の四葉《よつば》家東京本部ビル屋上のヘリポートに降りた。そこから黒羽《くろば》家の部下が運転する自走車で西川口《にしかわぐち》に向かう。達也《たつや》が自分で運転しなかったのは彼が今、日本にいるはずがない人間だからだ。何時《いつ》ものエアカーを使わなかったのも同じ理由だった。

「達也《たつや》さん、お疲れ様です。姉さんもご苦労様」

午後六時前、現場に着いた達也《たつや》と亜夜子《あやこ》を文弥《ふみや》が出迎えた。

亜夜子《あやこ》は高千穂《たかちほ》から降りてきた達也《たつや》たちを出迎えた時から、サマーセーターに薄手のロングスカートという「女子大学生の普段着」姿だったが、文弥《ふみや》は何故《なぜ》かアオザイ（に似た服）を着ていた。

「ご苦労様。ところで文弥《ふみや》、それは変装か？」

アオザイには当然と言うべきか、男性物もある。だからこの服装だけを見て「女装？」と問

うのは間違いなのだが、達也《たつや》が迷わず「変装か？」と訊《たず》ねたのは、付き合いの長さによるものだろう。

「はい。この地区の若い住民の間で流行《はや》っているんですよ」

「そうか」

正確には「若い女性の間で」と言うべきところを文弥《ふみや》は「若い住民の間で」と誤魔化したのだが、達也《たつや》は気付かなかったのか、それとも気付かないふりをしたのか、問い詰めたりはしなかった。

それに実際、「変装」の効果は疑う余地が無さそうだ。通りには文弥《ふみや》と似たような格好をした若い女性が何人も歩いている。日本人女性と思わしき人影も見られるが、観光地である中《ちゅう》華街《かがい》と違って大陸からの移民・留学・出稼ぎの方が人数は多そうだ。

「ご案内します。こっちです」

「ちょっと待ってくれ。俺も変装する」

達也《たつや》はサマージャケットの内側に隠したマジストアを起動した。保存してある魔法式は認識阻害魔法［アイドネウス］のもの。

「うわっ！　……驚きました。それが［アイドネウス］ですか？」

いきなり印象が薄くなった達也《たつや》に文弥《ふみや》が驚きの声を上げる。

「見るのは初めてか？　黒羽《くろば》家には優先的に供給するよう夕歌《ゆうか》さんに頼んでおいたのだが」

その反応に、達也《たつや》の方が首を傾《かし》げた。

「私たちには回ってきていません。まだ父のところでテスト中です」

答えたのは亜夜子《あやこ》だ。

「もう一ヶ月になるんだが……。随分慎重なことだ」

達也《たつや》が呆《あき》れ声を漏らす。

文弥《ふみや》は苦笑いを浮かべた。

「……仕方ありませんよ。父さんは達也《たつや》さんに頼りたくないんです。多分ですけど、達也《たつや》さんの発明を使わずに済む理由を、一所懸命探しているんじゃないでしょうか」

そう言って文弥《ふみや》が両手で達也《たつや》の左手を握った。

まるで女子高校生か、下手をすれば女子中学生がするような無邪気に見える振る舞いだ。

これには達也《たつや》も驚きを露《あら》わにした。平たく言えばギョッとした。

「こうして触れた感じも普通です。知覚をねじ曲げられているという感じはしません。それなのに認識が薄れていい、いる」

文弥《ふみや》が手を放し、至近距離から達也《たつや》を見上げる。

「今は分かった上で見ていますから達也《たつや》さんだと認識できますけど、知らずにすれ違ったら肩がぶつかっても達也《たつや》さんだと気付かないかもしれませんね……。いえ、それどころか一度はぐれたら、もう分からなくなりそうです」

文弥《ふみや》が両手を背中側で組み、一歩、二歩と軽やかな足取りで後ろ向きに下がった。——何だか仕草が女性化しているんじゃないか？　と達也《たつや》は思った。

「本当は手をつないでご案内したいところですけど」

「文弥《ふみや》っ！」

苛立《いらだ》ちを込めて亜夜子《あやこ》が文弥《ふみや》を叱り付ける。

文弥《ふみや》は態《わざ》とらしく首を竦《すく》めた。

「達也《たつや》さんが僕を見失うことはないでしょうから必要ありませんね。ついてきてください」

文弥《ふみや》が跳ねるような足取りで歩き出す。

その姿はたちまちの内に、黄昏《たそがれ》の薄闇に紛れた。

「もう……」

亜夜子《あやこ》が呆《あき》れ声を漏らした。

「文弥《ふみや》ったら何を浮かれているのかしら……。達也《たつや》さん、私がご案内しましょうか？」

罪悪感に塗《まみ》れた表情で亜夜子《あやこ》が達也《たつや》にお伺《うかが》いを立てる。

「いや、亜夜子《あやこ》は文弥《ふみや》に代わって包囲網全体の指揮を執ってくれ」

達也《たつや》はそう言い残して文弥《ふみや》の後を速歩《はやあし》で追い掛けた。

その姿はすぐに、文弥《ふみや》同様黄昏《たそがれ》の中に溶け込んでいった。

目的地は待ち合わせた場所から、彼らの足で五分程の所にあった。

「集合住宅か……」

「オートロックの無いアパートですから侵入は容易ですが、周りに被害が出るのは避けられないでしょうね」

そう言いながら、文弥《ふみや》は「どうします？」という視線を達也《たつや》に向けた。

「時間を掛けたくない。このまま踏み込む」

「達也《たつや》さんらしい、男らしい決断ですね。憧れます」

達也《たつや》は思わず、まじまじと文弥《ふみや》を見詰める。

彼は「男らしさ」「女らしさ」について一般的な知識しか持っていないが、もしかして文弥《ふみや》は女性化しつつあるのではないだろうか。

「何でしょうか？」

そんな危惧を懐《いだ》いている達也《たつや》に、文弥《ふみや》は罪の無い顔で小首を傾《かし》げた。

「――フォローを頼む」

咄嗟《とっさ》に取り繕う達也《たつや》。

「お任せください」

達也《たつや》にとって幸いなことに、文弥《ふみや》に疑いを懐《いだ》いた様子は無かった。

達也《たつや》は［アイドネウス］を切って、一人でアパートに侵入した。

文弥《ふみや》は部下と共にアパートを外から見張っている。万が一、呂洞賓《ルウドンビン》が達也《たつや》の手から逃れ得た場合に備えているのだった。

呂洞賓《ルウドンビン》が潜伏している部屋は四階建てアパートの、三階の一番奥。部屋の隣には非常階段がある。階段への入り口は施錠《せじょう》されているが、この程度の格子戸《こうしど》は達也《たつや》にとって障碍《しょうがい》にはならない。多分、呂洞賓《ルウドンビン》にとっても同じだろう。

一階、二階には確かに住人がいた。

だが三階に上がって、人の気配が途絶えた。

逆探知の可能性を考慮して［エレメンタル・サイト］を使っていないから、絶対に誰もいないとは言えない。だが少なくとも、普通に生活している住人がいないのは間違いなかった。

達也《たつや》は警戒感を高めた。次に起こった出来事に対処できたのは、その御蔭《おかげ》と言えるかもしれない。

慎重な足取りで外廊下を進み、呂洞賓《ルウドンビン》が潜んでいる部屋の一つ手前まで達也《たつや》が来た瞬間。

その一つ手前の部屋で、爆発が起こった。

爆風に飛ばされた鉄扉《てつび》が達也《たつや》目掛けて襲い掛かる。

達也《たつや》は咄嗟《とっさ》に、後退するのではなく前に跳んだ。その判断は間違いではなかった。

続けざまに、二つ手前の部屋で爆発が起こり同じように鉄扉《てつび》が弾《はじ》け飛ぶ。

鉄筋コンクリートの建物全体が揺れ、構造材があちこち軋《きし》む音が聞こえた。

突入か、脱出か。迷いは一瞬。

達也《たつや》は目の前の扉に手を掛けた。

ノブを回す。鍵は掛かっていなかった。

罠《わな》の確信を懐《いだ》きながら、達也《たつや》はドアを引き開けた。

部屋の中から襲い掛かるナイフ。

(待ち伏せか?)

魔法による遠隔操作ではなかった。魔法によってあらかじめ探知されるのを避けたのだろう。

投擲《とうてき》の技による奇襲。

達也《たつや》は飛んでくるナイフを躱《かわ》さなかった。爆発の前から身体《からだ》に沿って展開していた魔法シールドによって刃を阻《はば》む。このシールドは護身用に携行している人造レリックに保存しておいたもので、達也《たつや》が自分で構築するより強固なシールドを展開する。

達也《たつや》が右手を背後に回し、バックサイドホルスターから拳銃を抜いた。

拳銃形態のCADではなく、九ミリ弾を発射する自動拳銃だ。銃身の下に付いているのはライトでもレーザーポインターでもなく、消音魔法の特化型CAD。

つまりこれは、魔法でサプレッサーを代用するハンドガンの武装デバイスだった。

だが達也《たつや》は、消音魔法を発動せずに拳銃のトリガーを引いた。

二度も爆発が起こっているのに、今更銃声を隠しても仕方がない。それよりも、消音魔法発動に要するわずかなタイムラグを達也《たつや》は避けたのだった。

ナイフを投げた直後の男は身を隠せていない。達也《たつや》が放った銃弾は狙い過《あやま》たず男の胸に吸い込まれた。

男が後ろ向きに倒れる。その背後から、別の男がナイフで襲い掛かってきた。

意表を突かれ、達也《たつや》の反応が一瞬遅れる。その男の気配が感じ取れなかったのだ。

達也《たつや》がトリガーを引く。

男は何と、右手に持つナイフの短い刀身で銃弾を弾き逸《そ》らした。

ナイフが折れ、跳弾が壁に穴を空ける。

男が左手で細い短剣を達也《たつや》に投げた。

直感に従い達也《たつや》が短剣を避ける。

顔のすぐ横を通り過ぎていく刃が、シールドを浅く斬り裂いた。

魔法シールドを中和された感触は無かった。

(刃先に固定した魔法的な力場でシールドを撹乱《かくらん》したのか)

達也《たつや》は敵の攻撃を、瞬時に分析する。

力場の性質までは分からなかったが、何をされたのかは理解した。

男が新たに取り出したナイフで達也《たつや》に斬り付ける。

その左手を達也《たつや》は銃を持つ右手で上に払った。

間髪を容《い》れず繰り出された右の刺突を、手首を押さえることでブロックする。

男が繰り出す膝蹴りには同じように膝を合わせた。

そうして達也《たつや》と男が間近で睨《にら》み合《あ》う。

男はすぐにステップバックしたが、その一瞬で達也《たつや》はこの男の気配に気付かなかった謎を解いた。

銃弾を浴びせた最初の男と、この二番目の男の気配がそっくりだったのだ。

（気配の投映──［木霊《こだま》］か）

自分の気配を木立や岩に投映して敵を撹乱《かくらん》する忍術を達也《たつや》は高校時代、八雲《やくも》から見せられたことがある。教わったのではなく、その手を使って稽古で叩《たた》きのめされたのだ。おそらく同じ原理の術で最初の男に自分の気配を貼り付けていたのだろう。

頭の片隅でそう考えながら、達也《たつや》の手はトリガーを引いていた。

続けざまに浴びせられる銃弾を、男は宙を舞う短剣で全て弾く。

その短剣は実体の無い糸で操られていた。

それは、遼介《りょうすけ》から聞いた呂洞賓《ルウドンビン》が使う魔法の特徴に合致していた。

別のナイフが達也《たつや》に、背後から襲い掛かる。

これも罠《わな》の一つなのだろう。

達也《たつや》は半身になってナイフを躱《かわ》した。

それだけでなく、自分の前を通り過ぎようとするナイフの柄を左手で摑《つか》み取《と》った。

同時に、遠隔操作の魔法式を分解する。

術式解散《グラム・ディスパージョン》は問題無く通用する、と達也《たつや》は心に留めた。

敵の攻撃に対処している間にも、達也《たつや》の右手はトリガーを引き続けていた。

銃弾がナイフの刀身を折った。

ほとんどタイムラグ無しで、新たな刃が浮かび上がって盾となる。

それがもう一度繰り返された。

拳銃のスライドが、後退した状態で止まる。スライドストップ、要するに弾倉内の弾を撃ち尽くしたのだ。

呂洞賓《ルウドンビン》と思《おぼ》しき男——いや、呂洞賓《ルウドンビン》と言い切って差し支えはあるまい——はチャンスと見たのか、達也《たつや》に背を向けてベランダに突進した。

達也《たつや》が［分解］を放つ。

しかし［分解］の魔法式は呂洞賓《ルウドンビン》の身体情報に着弾した直後、着弾点から跳ね返った想子波《サイオン》動に吞《の》み込まれて溶かされた。

(反射までは推測どおり。だが、中和と言うより溶解だったか)

自分の魔法が無効化された状況を冷静に分析している達也《たつや》の視線の先で、呂洞賓《ルウドンビン》は開け放たれていたベランダから外へ飛び出した。

アパートの外は文弥《ふみや》に率いられた黒羽《くろば》の戦闘員が包囲している。それを知っているから、達《たつ》也《や》は慌てなかった。

ただ、あれだけ派手な爆発が二度も起こったのだ。すぐに警察が駆け付けることだろう。達《たつ》也《や》はここにいないはずの人間だ。悠長に構えてもいられない。

彼は拳銃のマガジンを交換しながらベランダに近付いた。呂洞賓《ルウドンビン》が飛び出したと見せ掛けて潜んでいるのではないことを確認して、文弥《ふみや》との通信回線を開く。

「何処《どこ》へ逃げた？」

達也《たつや》は前置きを省いて訊《たず》ねた。別れたとき、文弥《ふみや》はアパートのベランダ側にいた。そのポジションが変わっていなければ、脱出した呂洞賓《ルウドンビン》を目撃しているはずだ。

『アパートの屋根に上がって反対側に逃げました。追跡は続けています』

「位置情報を送ってくれ」

『僕がご案内しますよ』

「分かった。頼む」

達也《たつや》は通信を切って、拳銃をバックサイドホルスターに戻す。

そして、三階のベランダから地上に飛び降りた。

文弥《ふみや》の案内で、達也《たつや》は呂洞賓《ルウドンビン》に人気《ひとけ》の無い河川敷《かせんじき》で追い付いた。

本当は「追い詰めた」と言いたいところだが、包囲網は完成していないし、狙撃手を配置できているわけでもない。辛《かろ》うじて黒羽《くろば》の術者によって、この場に人払いの結界を敷いているだけで、呂洞賓《ルウドンビン》にはまだ逃走の余地がある。

追い掛けている達也《たつや》だけでなく、追われている呂洞賓《ルウドンビン》の方でもそろそろ決着を付けたいと考えているのかもしれない。――そう思わせる状況だった。

「お前が呂洞賓《ルウドンビン》か」

今更訊《き》くまでもないことのようにも思われるが、まだはっきりと確認はしていない。最初の一声としては、妥当なものだった。

「そうだ。お前は四葉《よつば》の司波《しば》達也《たつや》だな」

「四葉《よつば》の」と態々《わざわざ》付けた訊《たず》ね方に達也《たつや》は小さな違和感を覚えた。

だが間違いではないので、達也《たつや》は「そうだ」と頷《うなず》いた。

もっとも、この会話に意味があるのかと問われれば、達也《たつや》は首を傾《かし》げた後「無い」と答えただろう。彼は頷《うなず》いた直後、拳銃を抜いた。

「ま、待てっ！　わ――」

呂洞賓《ルウドンビン》が何かを言い掛ける。

達也《たつや》は構わず呂洞賓《ルウドンビン》に銃口を向ける。

呂洞賓《ルウドンビン》が雑草生い茂る河原に伏せたのは、それとほぼ同時だった。

ゆったりしたズボンの、左右の裾からナイフが一本ずつ飛び出す。

達也《たつや》がトリガーを引いた。

ナイフの一本が、空中で銃弾を迎撃する。逃走前と同様に弾き、逸《そ》らそうとする。

だがアパートで交換した新しい弾倉には、違う種類の銃弾が装塡されていた。

慣性増大の魔法刻印が施された銃弾は空中の短剣を砕き、呂洞賓《ルウドンビン》の左肩を掠《かす》めてその肉を浅く抉《えぐ》った。

達也《たつや》へと向かっていたもう一本のナイフが、慌てて呂洞賓《ルウドンビン》のところへ戻っていく。まるでそれ自体が意志を持っているかのようだ。

ナイフを遠隔操作する魔法は、それほど珍しいものではない。達也《たつや》が良く知る例としては、スターズの［ダンシング・ブレイズ］がある。

あちらの方が多分、射程は長い。威力も上回っているだろう。

だが操作の自由度は、呂洞賓《ルウドンビン》の魔法の方が優れているように思われた。

そんなことを考えながら、達也《たつや》は再度トリガーを引いた。

呂洞賓《ルウドンビン》の側《そば》に戻ったナイフが銃弾を逸《そ》らす。

銃弾に付与された慣性増大の魔法は無効化されていた。

一体何本のナイフを隠し持っているのか、別の刃が達也《たつや》に襲い掛かる。

達也《たつや》は飛んでくるナイフに銃口を向けた。

トリガーを引き、ナイフを破壊する。

次のナイフが飛んできて、それにも同じように銃撃を浴びせた。

その一方で、盾に使っているナイフに［術式解散《グラム・ディスパージョン》］を行使する。遠隔操作の魔法を消し去られてナイフは雑草の中に落ちた。

だがすぐにそのナイフは、草の中から浮かび上がった。一瞬で魔法を再発動したスピードは魔法式をストックする未知のテクニックによるものか、そういう道具があるのか、ループキャストと同じ効果を持つシステムを使っているのか。

ただ、それ以上の動きは無かった。達也《たつや》に対する攻撃は止《や》んだ。

達也《たつや》も、トリガーを引かなかった。

「我々に四葉《よつば》と争う意思は無い！」

この機を逃すまいとばかり、呂洞賓《ルウドンビン》が早口で叫んだ。

「ＦＬＴを襲撃しておいてか」

そう言いながら、達也《たつや》は銃口を下げた。

呂洞賓《ルウドンビン》が両手を挙げたまま立ち上がる。左手がわずかに下がっているのは、銃弾が抉《えぐ》った傷が痛むのだろうか。

怪我《けが》の影響が見られるのはその点だけだ。遼介《りょうすけ》に肋骨《ろっこつ》を折られた影響は見られなかった。

「あれはＦＡＩＲ《フェア》が望んだことだ。私は本気ではなかった」

呂洞賓《ルウドンビン》が強い口調で訴える。

「そんな主張が通るとでも？」

対照的に、達也《たつや》の声は冷淡だった。

「本気なら人造レリックを奪っている！」

「態《わざ》と失敗したと言いたいのか？」

「そうだ。四葉《よつば》と本気で敵対する気は無かったからだ」

「では、何が目的だ。大亜連合《だいあれんごう》の『八仙《はっせん》』が何を企《たくら》んでいる」

達也《たつや》は、拳銃をホルスターに戻した。

「私を『八仙《はっせん》』と知っているなら、一つの目的の為《ため》だけに動いているわけではないということくらい、推測できるだろう。我々の仕事は、そんなに単純なものではない」

呂洞賓《ルウドンビン》が挙げていた両手を下ろした。脱力してだらりと垂らす。

「それで？」

達也《たつや》も両腕から力を抜いている。ただ、わずかに肘を曲げていた。

「こうしてお前と二人きりになることも目的の一つだ」

「周りには俺の仲間がいるぞ」

「問題無い……私の目的は四葉《よつば》ではない」

呂洞賓《ルウドンビン》が下ろしていた両手を背中で組む。「抵抗しない」と見せ付けるように。

そして口をすぼめ、勢い良く息を吐いた。

呂洞賓《ルウドンビン》の口から赤黒い鏃《やじり》のようなものが飛びだす。

高速で飛ぶそれは、達也《たつや》の胸に吸い込まれた。

「私の目的は、お前だ」

小声でそう言いながら、呂洞賓《ルウドンビン》は大きく後ろに跳躍した。

十メートル近くを跳んで得意げな表情で達也《たつや》に目を向ける。

呂洞賓《ルウドンビン》が吐き出した鏃《やじり》は、暗殺者である彼の切り札、［血釘穿《けつていせん》］。自分の血を口の中に絞り出し、それを固めて成形した刃を高速直進移動の魔法で撃ち出すものだ。

古式魔法の世界では、血は最高の媒体とされている。

それを材料にして、一つの小宇宙である体内で魔法武器を錬成する。中に魔法防御を無効化する「念」——現代魔法流に言えば条件発動型魔法式——を練り込んで。

魔法無効化の特殊効果を内側から、防弾・防刃服をも貫く鋭さと速度を外側から与えられた血の鏃《やじり》は、命中した敵の魔法防御を無視してその肉体に深く突き刺さり致命傷をもたらす。

［血釘穿《けつていせん》］は魔法で身を守る戦闘魔法師を暗殺する為《ため》の、「魔法師殺し」の魔法だった。

呂洞賓《ルウドンビン》が放った［血釘穿《けつていせん》］は確かに達也《たつや》に命中した。命中して達也《たつや》の胸に吸い込まれたように、呂洞賓《ルウドンビン》の目には見えた。

「──何っ⁉」

だがその目は大きく見開かれた。達也《たつや》の胸には血の痕《あと》が見られない。血を流してもいなければ、血が付着してもいない。

［血釘穿《けつていせん》］が身体《からだ》に刺さったならば、当然傷口から血が流れる。［血釘穿《けつていせん》］が効果を発揮しなかったならば、鏃《やじり》は血に戻り服を濡《ぬ》らす。

仮に魔法シールドの無効化に失敗した場合は、シールドの表面で鏃《やじり》を形作っていた血が飛び散ることになる。何の痕跡も見せずに、吸い込まれるように消え去るなど、呂洞賓《ルウドンビン》にとってはあり得ない現象だった。

もっとも、達也《たつや》の魔法を知っている者にとっては不可解でも何でもないだろう。血の鏃《やじり》を分解したのだ。

だがアパートでは［雲散霧消《ミスト・ディスパージョン》］を無効化され呂洞賓《ルウドンビン》に逃走を許した。同じ魔法無効化術式が仕込まれた［血釘穿《けつていせん》］を今度は何故《なぜ》分解できたのか。

これも別に、謎ではない。答えは「順序」だ。

アパートでは肉体の分解を目的として放った魔法式が、それに反応して発動した呂洞賓《ルウドンビン》の魔法によって無効化された。

今回は［血釘穿《けつていせん》］に練り込まれた無効化術式が、血の鏃《やじり》をターゲットにした分解魔法によって一緒に分解された。

魔法式はその性質上、干渉対象のエイドス表面に露出している。魔法式自体は、情報次元において無防備な状態にある。それは現代魔法も古式魔法も、達也《たつや》の魔法も呂洞賓《ルウドンビン》の魔法も例外ではなかった。

だが何をされたのか理解できない呂洞賓《ルウドンビン》は、意外感に囚《とら》われて硬直する。

達也《たつや》の右手が素早く動いた。サマージャケットの内側に差し入れられたその手には、次の瞬間拳銃形態のＣＡＤが握られていた。

自分に向けられたそれを、最初、呂洞賓《ルウドンビン》は銃剣付きの大型拳銃と認識した。

だがすぐに違和感を懐《いだ》く。

銃身に付けられている物は、「剣」ではなく「杭《くい》」だった。

金属製の杭《くい》は、銃身の下でも上でもなく銃口を覆うように取り付けられていた。

グレネードか、と呂洞賓《ルウドンビン》は思い直す。

そしてようやく、そんなことを考えている場合でないという正常な思考を取り戻した。

達也《たつや》に背を向け、逃走を図る呂洞賓《ルウドンビン》。

呂洞賓《ルウドンビン》は踵《きびす》を返《かえ》すと同時に、魔法無効化術式を全力で展開した。

達也《たつや》はその背中に向けて、呂洞賓《ルウドンビン》が一歩を踏み出す前に、ＣＡＤのトリガーを引いた。

拳銃形態特化型ＣＡＤ、シルバーホーン・カスタム『トライデント』。

その「銃口」に取り付けられた「杭《くい》」は、一つの魔法の専用アタッチメントだ。魔法を無効化する手段を持つ敵に対する切り札。

［バリオン・ランス］。

今、その必殺の穂先が繰り出される。

【マテリアル・バリオン分解】

――銃身の先端に取り付けたアタッチメントの「杭《くい》」が分子に分解され、分子が原子に、原子が電子と原子核に分解される。そこからさらに、原子核が陽子と中性子、バリオンに切り離される。

【FAEプロセス実行・粒子収束】

――FAE理論に従って物理法則の束縛が低下した粒子群が、自然法則のとおりに拡散するのではなく、薄く円盤状に密集する。分解の定義対象になっていないレプトン・電子は陽子に捕獲され、陽子が中性子に変わる。

【ＦＡＥプロセス実行・射出】

――薄い円盤形に密集した中性子が、射線に対して垂直に立った状態で、標的に向かって撃ち出される。ＦＡＥ理論に従い、通常の魔法の限界を超えたスピードで移動する中性子の塊は秒速一万キロに達する。

【マテリアル・再成】

――全てのプロセスが逆転する。中性子による放射化の痕跡は取り除かれ、中性子線が生体組織を焼いた、その結果だけが残る。

［バリオン・ランス］によって生み出された中性子線は、魔法の影響下にあるとはいえ魔法そのものではなく物理現象だ。魔法無効化術式では無力化できない。

高速・高密度の中性子線が呂洞賓《ルウドンビン》の心臓を背後から貫いた。

細胞が一瞬で炭化し、血液が沸騰する。

言うまでもなく、確かめるまでもなく致命傷。

前のめりに倒れる呂洞賓《ルウドンビン》を視界に収めながら、達也《たつや》はアタッチメントの「杭《くい》」が復元された『トライデント』をショルダーホルスターに戻した。

◇　◇　◇

呂洞賓《ルウドンビン》の追跡は自分の足で行ったが──高速歩行の魔法は使用した──、帰りは呂洞賓《ルウドンビン》の死体を運ぶついでに呼んだ、別の自走車に乗った。

「達也《たつや》さん、あの男と何を話されていたのですか？」

走り出した自走車の中で、後部座席に並んで座った文弥《ふみや》が達也《たつや》に訊《たず》ねる。

「あいつは、大亜連合《だいあれんごう》の魔法師工作部隊『八仙《はっせん》』のメンバーで間違いなかった」

「じゃあ『八仙《はっせん》』が『七仙』になったわけですね」

それを聞いて、文弥《ふみや》が楽しげにコメントした。

「どうせすぐに補充されるさ」

達也《たつや》の皮肉な口調は無論、文弥《ふみや》に向けたものではなく大亜連合《だいあれんごう》軍に向けられたものだ。

それが分かったから、文弥《ふみや》は楽しげな表情のままクスッと笑った。

「ところで、『八仙《はっせん》』の目的は何だったんでしょうか？　跳《と》び退《すさ》る前に、何か言っていたようですが」

血の鏃《やじり》を放った後に呂洞賓《ルウドンビン》が小声で吐いたセリフは、文弥《ふみや》の耳には届いていなかった。

「大亜連合《だいあれんごう》は俺を暗殺したいようだな」

「……何ですって？」

達也《たつや》の答えを聞いた途端、文弥《ふみや》の眦《まなじり》が吊《つ》り上《あ》がった。

「自分の目的は四葉《よつば》ではなく俺だと呂洞賓《ルウドンビン》は言っていた」

「許せない……！」

憤《いきどお》る文弥《ふみや》には、猫が全身の毛を逆立てているような印象がある。

……高校生時代の方が迫力があったな、と達也《たつや》はこっそり考えた。

もちろん、そんな思いはおくびにも出さない。

「それが呂洞賓《ルウドンビン》の、事実上の遺言になった。『八仙《はっせん》』が挑んでくるなら、同じ轍《てつ》を踏ませるだけだ」

達也《たつや》が実際に口にしたのは、氷刃《ひょうじん》の如《ごと》き死刑宣告だった。

文弥《ふみや》が目を見開いて達也《たつや》を見詰め、ブルッと身体《からだ》を震わせる。

そして彼は、怒りの表情から一転して、まるで恋する乙女のような笑みを浮かべた。

達也《たつや》たちと合流した亜夜子《あやこ》は、大亜連合《だいあれんごう》の目的が達也《たつや》暗殺にあると聞いて「なる程」と納得顔で頷《うなず》いた。――男女の反応が入れ替わっているような気がしないでもない。

「姉さんは驚かないんだね」

「文弥《ふみや》は驚いたの？　私は納得感しか覚えないのだけど」

亜夜子《あやこ》は「至極当然」という顔で文弥《ふみや》の問い掛けに答えた。

「大亜連合《だいあれんごう》にとっても新ソ連にとっても、最大の障碍《しょうがい》は今や、日本でもUSNAでもなく、達也《たつや》さんじゃない」

言い含めるような口調で、亜夜子《あやこ》が文弥《ふみや》に対して言葉を続ける。

「だからといって、達也《たつや》さんと正面から戦うのは危険すぎるって両国とも思い知らされている。特に大亜連合《だいあれんごう》は一度［質量爆散《マテリアル・バースト》］を撃ち込まれていますからね。暗殺という手段に頼りたくなるのは当然よ。第一、私たちの宿題もそれじゃない。忘れたの？」

亜夜子《あやこ》のセリフは、非難する口調で締め括《し　くく》られた。

「忘れてなんかいないよ。僕たちの夏休みの宿題は、達也《たつや》さんに差し向けられた新ソ連の刺客を大本から片付けることだ」

文弥《ふみや》の口調は、強い決意に彩《いろど》られている。この時の文弥《ふみや》は、何処《どこ》からどう見ても凜々《りり》しい男の子だった。

「そんな瑣事で夏休みを潰すことはないんだぞ。俺は別に困っていないからな」

達也《たつや》が苦笑しながら水をさすセリフを口にしたのは、文弥《ふみや》の気合いに満ちた表情に暴走の危惧を覚えたからだった。

◇◇◇

達也《たつや》が巳焼島《みやきしま》に戻ったのは、午後七時半のことだ。終わってみれば、呂洞賓《ルウドンビン》を片付けるのに西川口《にしかわぐち》到着から三十分しか掛かっていなかった。

「達也《たつや》様、お疲れ様でした」

そう言いながら深雪《みゆき》が、それに合わせて無言で水波《みなみ》が、丁寧なお辞儀で達也《たつや》の帰還を迎えた。

「タツヤ、『八仙《はつせん》』とやらの手応えはどうだった？」

リーナはその横で達也《たつや》に、陽気な声と笑顔で訊《たず》ねる。

「リーナ、戦ってみたいんですか？　でしたらまだ七人残っていますから、機会はあると思いますよ」

何故《なぜ》か達也《たつや》に同行して巳焼島《みやきしま》に来た亜夜子《あやこ》が、呆《あき》れ顔《がお》で口を挿《はさ》んだ。

「イヤね、そんなわけないでしょ。ワタシはもう『シリウス』じゃないんだから」

リーナは軽い口調で反論した。

だが「この話題はこれで終わり」とはならなかった。

「待って、亜夜子《あやこ》さん。……それ、どういう意味かしら」

深雪《みゆき》は、軽く済ませられなかった。

亜夜子《あやこ》から答えが返ってくる前に、深雪《みゆき》は達也《たつや》へ身体《からだ》ごと向き直る。

「達也《たつや》様……。もしかして『八仙《はっせん》』の狙いは、達也《たつや》様のお命なのですか？」

もしこの眼差《まなざ》しを向けられたのが達也《たつや》以外の男性だったならば、その者は視線に射竦《いすく》められ金縛り状態になっていただろう。

「そのようだな。少なくとも呂洞賓《ルウドンビン》はそう言っていた」

だが達也《たつや》は、至って平気な顔で頷《うなず》いた。

「そんな呑気《のんき》な……」

余りにも危機感が無い態度に、深雪《みゆき》が絶句する。

「逆に何故《なぜ》、神経質になる必要がある？『八仙《はっせん》』の魔法無効化術式は今回見せてもらった。それが分かれば、やつらは俺の敵じゃない。お前にも手出しはさせない」

「達也《たつや》様……」

そして力強く言い切った達也《たつや》に、深雪《みゆき》は別の意味で言葉を失った。

「……ワタシは？」

リーナが恐る恐る、「馬に蹴られる」のを警戒しているような顔で達也《たつや》に訊《たず》ねた。

「リーナは自分で対処できるだろう？　ノウハウは教えるから大丈夫だ」

「ミユキと扱いが違い過ぎない？」

「すまないが、対応が違うのは当然だ。深雪《みゆき》は俺のフィアンセだからな」

達也《たつや》には全く悪びれた様子が無い。

深雪《みゆき》も、もうこの程度では薄《うっす》らとすら、赤面することも無い。

「ハイハイ……」

こういうケースの定番で、リーナは諦めの呟《つぶや》きを漏らした。

◇　◇　◇

達也《たつや》たち一行は、午後八時に高千穂《たかちほ》へ上がった。

時間調整で高千穂《たかちほ》に滞在する時間を利用して、達也《たつや》は『八仙《はっせん》』に関する情報を光宣《みのる》と共有した。無論光宣《みのる》だけでなく、深雪《みゆき》とリーナ、それに水波《みなみ》にも呂洞賓《ルウドンビン》が使った魔法について、説明して聞かせた。

そしてウズベキスタン現地時間、八月十四日午後七時。

達也《たつや》たちは兵庫《ひょうご》と待ち合わせた、カガン郊外の空き地に降下した。

【7】再開

ブハラのホテルに戻った達也《たつや》は、翌日からシャンバラ探索を再開した。

その結果、コンパスはブハラの東約三十キロに位置するチューダクール湖の西岸付近を指していることが分かった。

だがそこには、灌漑《かんがい》農地が広がっているだけだ。遺跡らしきものは何も無かった。

「何も見付かりませんね……。やはり、伝説は伝説に過ぎなかったのでしょうか？」

強い日差しの下で、深雪《みゆき》が気弱なセリフを漏らした。

日傘、スカーフ、長袖シャツに踝丈《くるぶし》のパンツと深雪《みゆき》は万全な日焼け対策をしていたが、それでも彼女は強い日差しが苦手なようだ。肉体的な消耗が精神にも影響している感じだった。

「いや、決め付けるのはまだ早い」

達也《たつや》は湖を見詰めながらそう応えた。

「何か分かったの？」

深雪《みゆき》と同じ格好だが、こちらは元気いっぱいのリーナが達也《たつや》に訊《たず》ねる。

「この一帯は、想子《サイオン》の流れが乱れている。想子《サイオン》自体が操作されているのではなく霊子《プシオン》の流れに手を加えた結果、想子《サイオン》流も影響を受けているのだと思う」

「そうなのですか？」

深雪《みゆき》が右手を前に、湖に向けて真《ま》っ直《す》ぐ伸ばした。彼女の真の適性は冷却魔法ではなく精神干渉系魔法。それに付随するものなのか、深雪《みゆき》は通常の魔法師には感じ取れない霊子《プシオン》の流れ、霊子《プシオン》の構造を「手触り」として感じ取ることができる。手を伸ばしているのは「触れている」というイメージでこの知覚を補強しているのだった。

「……確かに、霊子《プシオン》が一定方向に流れているような感触があります。ただその勢いは、余り強くはありません。事象をねじ曲げる程の力は感じられませんが」

「でも、何かがあるのね？」

深雪《みゆき》の言葉に、リーナが期待を込めた問い掛けを漏らした。

「俺は、これに似た現象が観察される場所に心当たりがある」

それに応えたのは達也《たつや》だった。

「それって何処《どこ》？」

訊《たず》ねたリーナだけでなく、深雪《みゆき》も期待がこもった眼差《まなざ》しで達也《たつや》を見上げている。

達也《たつや》は勿体《もったい》を付けることなく、即答えた。

「飛騨高山《ひだたかやま》、乗鞍岳《のりくらだけ》山麓のレリック発掘現場だ」

◇◇◇

サマルカンド空港の搭乗ゲート前では、レナとアイラ、ルイが一塊になって搭乗開始を待っていた。イヴリンは離れた所に座って一人でふて腐れていた。

アイラはレナに同行して渡米することになった。彼女をFEHR《フェール》に派遣することは以前から決まっていたが、それが少し早まった形だ。

その裏にはチベット情勢の緊迫化があった。現在チベットは大亜連合《だいあれんごう》の勢力下にあるが、IPU成立前からインドもチベットの地下資源に色気を出していた。

そこに、達也《たつや》が吹き込んだレリックを始めとする魔法資源の情報が重なったのだ。

元々ポタラ宮殿の地下に魔法的な遺物が眠っているという噂《うわさ》は、根強く囁《ささや》かれていた。シャンバラへの入り口が隠されているという説にも多くの支持者――というか信者――がいる。

地下資源に加えて魔法遺産。IPUはチベットの切り取りに本腰を入れることを決定し、チベット独立勢力への支援を強化し始めた。

この情勢の変化が、チャンドラセカールに予定の前倒しを決意させた。

アイラは未公認の戦略級魔法師だ。大亜連合《だいあれんごう》と戦端が開かれることになれば、正式に軍に取り込まれてしまうこと間違いない。

だがチャンドラセカールが見たところ、アイラには軍人としての適性が無い。民間の魔法師と比べても、ナイーブな性質だ。彼女は戦場で心を壊してしまう可能性が高い。

だからチャンドラセカールはアイラを戦場に出さない為《ため》に、国外に逃がそうと決めていた。メイジアン・ソサエティとFEHR《フェール》の提携は、その良《い》い切っ掛けであり口実だった。

このような事情があり、アイラはレナの帰国に同行することになったのである。


イヴリン・テイラーは一昨昨日《さきおととい》からずっと、心が晴れない時間を過ごしてきた。

三日前にスターズ総司令官から告げられた、作戦中止と即時帰国の命令。

自分がへまをしたという自覚はある。だから作戦中止も帰国も、理性では納得していた。

だが感情の処理が追い付いていなかった。今回のことは彼女にとって、初めての大きな挫折だった。卓越した知力と魔法力を備え、それを実績に結び付ける実践力も兼ね備えていたイヴリンには、今までその気になって成し遂げられないことはなかった。自分のことを万能の天才だなどとは思っていないつもりだったが、もしかしたら意識の奥底にそういう傲慢な思い上がりが育っていたのかもしれない。

あるいは単に、若さの所為《せい》か。彼女はまだ二十二歳。偶《たま》には自分の感情を処理しきれないこともあるだろう。それが初めての挫折感であれば尚更《なおさら》だ。

搭乗開始のアナウンスが流れ、イヴリンは立ち上がった。この国は彼女にとって、苦い思い出の地となった。その地を去って自分の国に帰る段になっても、彼女の心は依然として重苦しい雲に覆われていた。

◇◇◇

「ミズ・シモン。入っても構わないかな？」

ノックをするのではなく扉の外から掛けられた声に、ローラは「どうぞ」と答えて入室の許可を出した。

カチャリと鍵が回る音がする。

「失礼するよ」

鍵を使って扉を開けたのはこの屋敷《やしき》の主、十六夜調《いざよいしらべ》だった。

「気分はどうかな？」

「最悪ね」

言葉に意味と同じ感情、「念」を込めてローラが答える。

「おっと」

調《しらべ》の右手人差し指が空中に九本の線を引く。

古式魔法「早九字《はやくじ》」によって、彼に放たれたローラの呪詛《じゅそ》は消滅した。

「フン」

ローラはこの結果に、小さく鼻を鳴らしただけだ。儀式も触媒も無しで放った簡易の術が通用するとは、ローラも最初から思っていなかった。

「ご挨拶だね。精一杯歓待させてもらっているのだけど」

「ええ。お茶も御菓子《おかし》も、とても美味《おい》しいわ」

そう言いながらローラは紅茶のカップをテーブルに置き、代わりにブランデーボンボンを一粒つまんで口の中に放り込んだ。

「でも、自由が無い不快感を帳消しにする程ではないわね」

ローラはこの部屋の鍵を与えられていない。彼女は軟禁されていた。

「少しくらいの不自由は我慢してもらわないと。不法入国した上に魔法で騒ぎを起こした貴女《あなた》を捜しているのは、四葉《よつば》家だけじゃない」

「鍵を掛けて閉じ込めておく必要があるのかしら」

「勝手に出歩くと危ないんだよ」

この三日間で何度も繰り返された遣り取《やと》りに、ローラは「飽き飽きした」という顔でティーカップを持ち上げ口元に運んだ。

「ほとぼりが冷めるまで、もう少し大人しくしていてもらいたい」

「ほとぼりが冷めるのは、一体何時《いつ》かしら？」

ローラの問い掛けに調《しらべ》はいつもどおり、曖昧な笑みを浮かべただけだった。

調《しらべ》が部屋を出て行く。

ローラは立ち上がって扉へと歩み寄り、室内履きの足で思い切り蹴飛ばした。

扉は小揺るぎもしない。蹴った音すらも立たなかった。

この扉は十六夜《いざよい》家の魔法で強化されている。調《しらべ》がノックをしなかったのは、魔法の副作用で叩《たた》いても音がしないからだった。

——人造レリック盗取に失敗しFLTから逃げ出したあの日、ローラは敢《あ》えて呂洞賓《ルウドンビン》と別行動を取った。理由は直感だ。呂洞賓《ルウドンビン》と行動を共にしていると「死神」に追い付かれてしまうという明確なビジョンが脳裏に浮かんだのだ。

道具も薬も使わずに得られた幻視。信頼できるかどうか、ローラは迷った。だが彼女は最終的に、自分に備わった「魔女」の力を信じた。

しかし別れた後すぐに、途方に暮れることになった。今回の作戦は、入国から逃走計画まで全て呂洞賓《ルウドンビン》任せだったからだ。

彼女は占いで、逃げる方角を「北」に決めた。彼女の占術の腕前は確かなものだと評価できるだろう。町田《まちだ》から西には四葉《よつば》本家。東には調布《ちょうふ》の四葉《よつば》東京本部。南には魔工院《まこういん》と、それを守る黒羽《くろば》の拠点がある。彼女はドライバーを精神支配するヒッチハイクで狭山《さやま》丘陵の方へ逃げた。

足が付くのを避ける為《ため》、ある程度走ったら不自然にならない距離で車を替える。ドライバーはショッピングセンターやレストランで見繕った。その四台目で、ローラは精神支配できない相手、十六夜調《いざよいしらべ》に捕まった。

「匿《かくま》ってあげましょう」という彼の言葉を何故《なぜ》信じたのか、ローラは自分自身に対して理解に苦しんでいる。思い掛けない苦戦、思い掛けない失敗で、精神が失調していたのかもしれない。あるいは単に、焼きが回ったのか。

その日の内に彼女はこの屋敷《やしき》に連れてこられ、そのまま軟禁されている。

待遇は悪くなかった。あの男、調《しらべ》が言うように飲食も入浴も、ベッドの寝心地も上々だ。残念ながら入浴時も浴室に外から鍵を掛けられているが、気にしなければ優雅なバスタイムを満喫できる。

知りたいことも、訊《き》けば教えてくれた。昨日は四葉《よつば》家の手で呂洞賓《ルウドンビン》が殺されたというニュースを持ってきた。四葉《よつば》家に加えて七草《さえぐさ》家もローラを捜している、というのも嘘《うそ》ではないだろう。

言われたとおり、しばらくここに隠れているのが賢いのかもしれない。

だがローラはどうしても、大人しくしている気になれなかった。

十六夜調《いざよいしらべ》は信用できない。

これもまた直感であり、確信だった。

——自分はその、信用できない男の手中にある。

その思いが、彼女を苛立《いらだ》たせていた。

◇◇◇

八月十五日、都心の夜。真由美《まゆみ》はドレスアップして高層ホテルの三つ星レストランを訪れた。自称「三つ星」ではなく、お節介な格付け機関のお墨付きを得ているレストランだ。

ギャルソン（ウエイター）に案内されて窓際《まどぎわ》のテーブルへ。

煌《きら》めく夜景を背景に、立派な男性が立ち上がった。

体格も優れているが、それ以上に風格が圧倒的だ。まだ二十代前半という若さにも拘《かか》わらず、千乗万騎《せんじょうばんき》を率いる大将軍の威厳を備えている。

若い娘には近寄りがたい雰囲気の持ち主だが、真由美《まゆみ》にとっては旧知の友だ。恐れ気などまるで無く、気軽に歩み寄った。

「十文字《じゅうもんじ》君、お久し振り」

「うむ。七草《さえぐさ》、久し振りだな」

軽く手を振る真由美《まゆみ》に十師族《じゅっしぞく》・十文字家《じゅうもんじけ》当主、十文字克人《じゅうもんじかつと》は厳《いか》つい顔に親しげな笑みを浮かべて頷《うなず》いた。

ギャルソンが引いた椅子に真由美《まゆみ》が腰を下ろし、克人《かつと》が自分で引いた椅子に座る。食前酒を注文してギャルソンの背中を見送り、真由美《まゆみ》は改めて克人《かつと》と向かい合った。

「今夜はお招きありがとう。でも、どうしたの？　いきなりディナーに招待してくれるなんて」

真由美《まゆみ》は上目遣いの眼差《まなざ》しを克人《かつと》に向けて、小悪魔の笑みを浮かべた。

「しかもこんなに素敵なお店に。妹が大盛り上がりだったわよ。あの狸親父《たぬきおやじ》ですら、少しソワソワしてたわ」

からかう口調と嗜虐《しぎやく》的な瞳。

だが、克人《かつと》はまるで動じなかった。

「このくらいの店でないと、七草《さえぐさ》には釣り合わないと思ってな」

大真面目な顔で克人《かつと》が答える。

「そ、そう？」

動揺したのは真由美《まゆみ》の方だった。

届いた食前酒をゆっくり飲むことで、真由美《まゆみ》は立て直しの時を稼いだ。

「――それで、ご用は何かしら。まさか妹たちや狸親父《たぬきおやじ》が期待している、いるようなことではないのでしょう？」

克人《かつと》の顔に当惑が浮かぶ。

「期待の内容は分からないが……」

だが困惑の表情はすぐに消えた。

「実は妹から相談されていることがあってな。七草《さえぐさ》の意見を聞きたかったのだ」

「妹さん？」

真由美《まゆみ》が「意表を突かれた」という表情を露《あら》わにする。

「妹さんって、どちらの？　和美《かずみ》さん？　それとも……」

真由美《まゆみ》は友人として、また十師族《じゅっしぞく》・七草家《さえぐさけ》の長女として、克人《かつと》の複雑化した家庭事情を知っていた。

「アリサだ」

「アリサさんから……？」

十文字家《じゅうもんじけ》の家庭事情を複雑化させたのは、前当主の隠し子で四年前に北海道から引き取った日露ハーフの彼女だ。

言うまでもなく、アリサ本人には何の罪も責任も無い。だが真由美《まゆみ》が耳にしているところによれば、彼女は自分の立場を気にして十文字家《じゅうもんじけ》で一歩も二歩も引いた生活をしているという。

その話を聞いた真由美《まゆみ》の中では、常におどおどとした態度で家族に何も言えないような、暗い少女のイメージができあがっていた。そんな少女が親しみやすいとは決して言えない克人《かつと》に、意を決して相談したというのだ。余程重大な問題なのだろう。

真由美《まゆみ》はそう思って息を呑《の》んだのだった。――単なる思い込みである。

「七草《さえぐさ》は今、司波《しば》のメイジアン・カンパニーに勤めているんだったな」

「え、ええ」

頷《うなず》く真由美《まゆみ》の言葉が滞ったのは、この質問が思い掛けないものだったからだ。克人《かつと》の異母妹の相談事が自分の勤務先と何処《どこ》かで結び付いているなど、真由美《まゆみ》には予想外すぎた。

自分の勤務先を克人《かつと》が知っていたことについては、真由美《まゆみ》は不思議に思わなかった。七草家《さえぐさけ》の長女が、四葉家《よつばけ》の次期当主が代表を務める社団の従業員になった。このことは、日本の魔法師社会では結構な話題になっていたからだ。

「七草《さえぐさ》の同僚に遠上遼介《とおかみりようすけ》という男がいる。その男は先日、FLTに盗みに入ろうとした外国の魔法師と争い、重傷を負って入院している。――間違いないだろうか？」

「ええ、よく知っているわね」

「その病院には親父《おやじ》殿も世話になっているからな」

「ああ、なる程」

真由美《まゆみ》は納得顔で頷《うなず》いた。

遼介《りようすけ》が入院しているのは四葉家《よつばけ》傘下《さんか》の病院ではなく、魔法師の患者が多いことで有名な警察系の病院だ。傷害事件の被害者だった遼介《りようすけ》は、駆けつけた警察官の手配でそこに運び込まれたのだった。

「それに同じ出自を持つ魔法師としてだけでなく、遠上家《とおかみけ》とは縁がある。外国の魔法師と勇敢に戦った遠上《とおかみ》という患者が入院していると耳にして、親父《おやじ》は詳しい事情をその場で無理矢理聞き出した。病院には迷惑なことだが、親父殿《おやじ》としてはそうせずにいられなかったのだろう」

異母妹のアリサは四年前、北海道の遠上家《とおかみけ》から克人《かつと》が引き取った。これは真由美《まゆみ》が知らないことだ。

「十文字家《じゅうもんじけ》と遠上家《とおかみけ》には、何か特別な関係があるの？」

事情を知らない真由美《まゆみ》は、何の気も無くそう訊《たず》ねた。

「アリサが遠上遼介《とおかみりょうすけ》の妹と親しくしている。親友と言って良い関係だ」

真由美《まゆみ》に気を遣わせたくなかったのだろうか。克人《かつと》は当《あ》たり障《さわ》りの無い事実で答えた。

「あっ、そういう……」

真由美《まゆみ》はその答えで納得した。

「妹の話によれば、遠上遼介《とおかみりょうすけ》はずっと行方知れずだったそうだ」

「ええっ!?」

次のセリフの衝撃が大きすぎて、十文字家《じゅうもんじけ》と遠上家《とおかみけ》の関係に対する興味は真由美《まゆみ》の中から吹き飛んだ。

「行方知れず？　遠上《とおかみ》さん、ご家族と連絡を取っていなかったということ？」

目を丸くしている真由美《まゆみ》の問い掛けに、克人《かつと》は重々しく頷《うなず》く。

「帰国しているにも拘《かか》わらず、家族に近況を報《しら》せようとしない。何か特別な事情があるのかもしれない。遠上遼介《とおかみりょうすけ》が入院していることを彼の妹に伝えて良いものかどうか迷っている、とアリサから相談を受けた」

克人《かつと》の言葉を聞いて、真由美《まゆみ》も同じように思った。遼介《りょうすけ》と一緒にカナダへ行って、彼が何かを抱え込んでいるのでは、と真由美《まゆみ》は薄々勘付《かんづ》いていた。

「俺としては、遠上《とおかみ》の妹に入院先を伝えて良いかどうか、遠上遼介《とおかみりょうすけ》本人の意思を確認したいのだが。七草《さえぐさ》はどう思う？」

これが克人《かつと》の相談内容だ。

「――私が遠上《とおかみ》さんに訊《き》いてみるわ」

そしてこれが、真由美《まゆみ》の答えだった。

◇　◇　◇

真夜中になって、達也《たつや》は再びチューダクール湖の湖畔を訪れた。

同行者は兵庫《ひょうご》一人。深雪《みゆき》とリーナはホテルに待機させている。同行を断念させる説得には手間取ったが、それは余談だ。

ボックスタイプのキャンピングカーから出てきた達也《たつや》は、高千穂《たかちほ》へ行くのに使った宇宙服を着ていた。スキンタイトの宇宙服は一見、ダイビングに使うドライスーツに似ている。今、このスーツを着用している達也《たつや》の目的も同じだった。

『達也《たつや》様。何も無いとは思いますが、お気を付けて』

「周囲の警戒をよろしくお願い致します」

通信機を通じた会話を交わして、達也《たつや》は湖に身を沈めた。

真っ暗な湖底を達也《たつや》はゆっくり歩いた。ライトは持ってきていない。彼は敢《あ》えて物理的な光源を使わなかった。

達也《たつや》の「眼《め》」には、物理光に妨げられていない想子光《サイオン》が映っている。

通常、非生物が放つ想子光《サイオン》は、濃淡はあっても明滅しない。だがこの湖は、まるで命あるもののように想子光《サイオン》が明滅していた。緩やかに、まるでゆっくりと呼吸しているかのように。

その濃淡が時々刻々と変化していくのも、通常は見られない現象だ。変化はわずかなもので、かつ非常にゆっくりとしている。達也《たつや》と同等の鋭敏な「視覚」と広い「視野」を持つ者でなければ気付かないだろう。

——シャンバラの伝説にはよく、湖が登場する。

——たとえばカイラス山の影を映すマナサロワール湖。

——シャンバラの東方にある『近き湖』と西方にある『白蓮《びゃくれん》の池』。

──ロシア正教会の神父が伝えた、シャンバラと同一視される『白い湖の国《ベロヴォディエ》』。

日中の探索の後、ホテルで深雪《みゆき》たちに語った自分の言葉が脳裏を行き交う。

──こじつけかもしれないが、それらの地名はシャンバラの遺産に関わる「湖」の代表なのかもしれない。

──『コンパス』が指し示したここもまた、そういう湖の一つかもしれない。

達也《たつや》は一筋の想子《サイオン》流に目を惹《ひ》かれた。

特に強い光を放っているわけではないが、流れがしっかりしている。

その細い流れは湖の中央ではなく、湖岸に続いていた。

達也《たつや》は［エレメンタル・サイト］で、その流れがつながっている場所を調べた。

水中の湖岸が抉《えぐ》れて、小さな崖になっていた。特に珍しくもない地形だ。それと意識しなければ、誰も気に留めないだろうと思われる。

達也《たつや》はその崖に向かって歩いた。

彼の［エレメンタル・サイト］は、そこに想子《サイオン》を吸い込む人工物が埋まっているのを捉えた。

右手に［分解］を纏《まと》わせてその物体を取り出す。

達也《たつや》はそれをしっかり持って、水面に浮上した。

「これがチューダクール湖から発掘した遺物ですか……?」

達也《たつや》がホテルに持ち帰った発掘物を見せられた深雪《みゆき》は、その美しい紅唇《こうしん》から困惑を漏らした。

発掘物は『コンパス』より二回りほど大きい、白い石の円盤だった。片方の面には「八葉の蓮《はす》」――八枚花弁の蓮《はす》の花が彫られている。これは、文化財の意匠としては珍しくない。

深雪《みゆき》を困惑させたのはもう片方の面に彫られているシンボルだった。

正三角形に配置された互いに隣接する三つの円が、大きな円に囲まれている。

「……これって『平和のバナー』じゃない？　レーリヒ条約の、シンボルマークの」

リーナも深雪《みゆき》に負けず劣らずの困惑顔だ。

レーリヒ条約――国際文化財保護条約が締結されたのは西暦一九三五年、つまり二十世紀半ばだ。そのシンボルマークが彫られた石板が先史文明の遺産に関係あるのか、と彼女たちは疑問を懐《いだ》いたのである。

「レーリヒ条約を主導したニコライ・リョーリフの記念館は、このマークは古代から存在したシンボルを起源としている、と主張している」

「その話はワタシも知っているわ。でもそれは、真ん中の三つの円のことでしょう？　それを外側の円で囲んだのはリョーリフのオリジナルだったと思うけど」

達也《たつや》の言葉にリーナが反論する。

「より古いシンボルが、文明の後退により簡略化されたとも考えられるのではないか？　ニコライ・リョーリフは芸術家としてだけでなく、シャンバラの研究者としても有名だ。彼が採用したシンボルマークこそがオリジナルで、外円を持たないシンプルなシンボルはその派生物とも考えられる」

「そうとも……考えられますね」

深雪《みゆき》が打った相槌《あいづち》は、歯切れが悪いものだった。

リーナは「ちょっと強引じゃない？」という表情を隠していなかった。

もっとも、達也《たつや》はそんなことでめげなかった。彼の推理には根拠があった。

「まあ、これを見てくれ」

そう言って達也《たつや》は、『コンパス』を蓮《はす》の凹み彫り《カウンターレリーフ》に重ねた。

正八角形の『コンパス』の各頂点が、蓮《はす》の花弁の先端にピタリと重なる。

達也《たつや》は重なった発掘物を手の上に載せるのではなくテーブルの上に置いたまま、上から想子《サイオン》を注いだ。

『コンパス』を載せた石の円盤がゆっくりと動いた。テーブルの上を滑るのではなく、わずかな隙間を空けて、浮上した状態で。

まるで、UFOのように。

深雪《みゆき》もリーナも大きく見開いた目でその動きを追い掛けている。

『コンパス』を載せた石の円盤は、達也《たつや》が止めるまでチューダクール湖の方角とは違う、一つの方向へ飛び続けた。

「達也《たつや》様……」

「タツヤ、人が悪すぎだわ……」

深雪《みゆき》もリーナも、恨めしげな声で達也《たつや》に抗議する。

達也《たつや》は笑いながら、二人の美女に「一歩前進だ」と告げた。

〈続く〉

Road to Shambhala

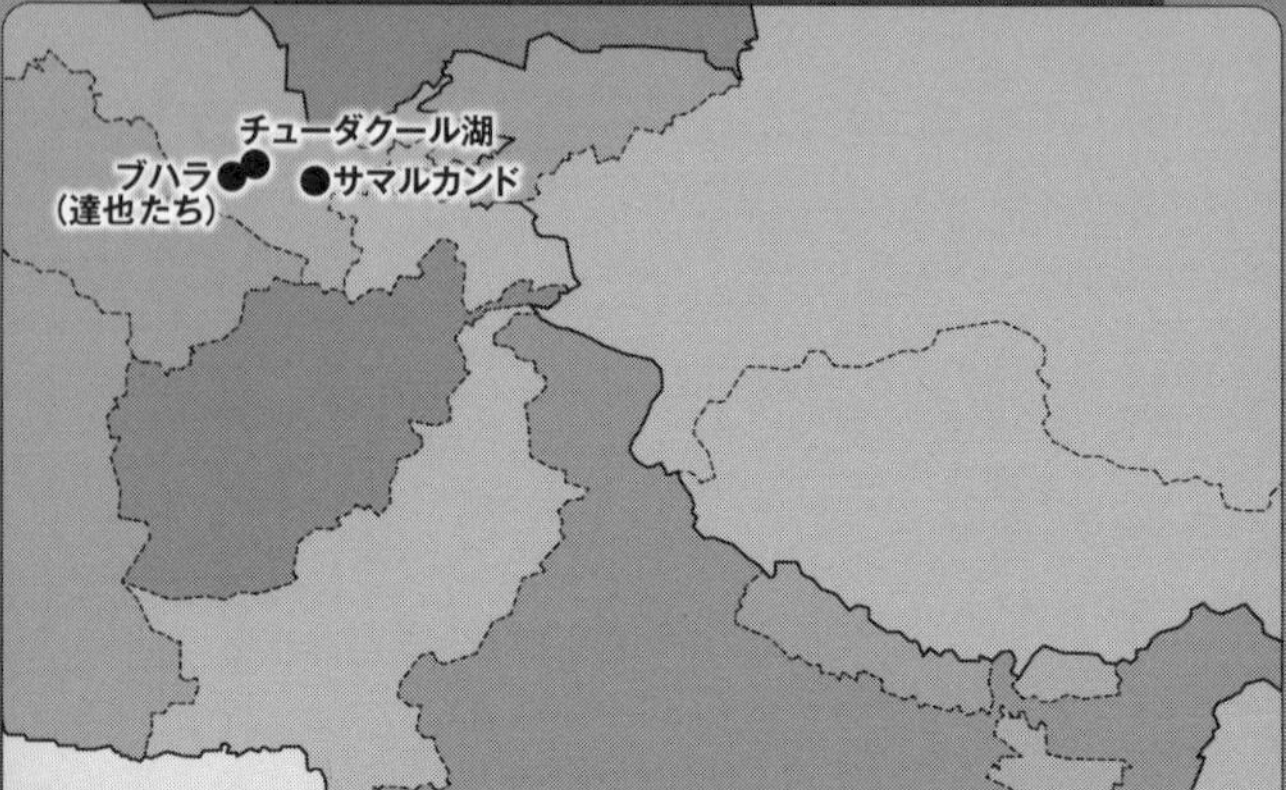

The irregular at magic high school Magian Company

あとがき

以上、『メイジアン・カンパニー5』をお届けしました。今巻は色々と盛りだくさんな内容になりましたが、お楽しみいただけましたでしょうか。

最近、創作に行き詰まりを感じております。インプットが足りないのでしょう。読書と言えば参考資料を読むだけ、アニメを見る時間は以前の十分の一以下、映画もほとんど見ないという生活が続いていましたので。

そこで最近、映画やアニメを努めて見るようにしています。小説やマンガもなるべく多く読もうと考えています。もちろんライトノベルも。ドラマには中々手が出ませんが。

取《と》り敢《あ》えず映画は、某サブスクリプションで目に付いたものを見ています。ただ、最初の二十分くらいで飽きてしまうケースが結構あるんですよ。何となく合わないなぁ……、という感じで。

いや、勉強になりますね。導入部——所謂《いわゆる》「つかみ」が如何《いか》に大切か。小説もきっと同じなのでしょう。以前と違って「本屋で立ち読み」ができなくなっていますから、電子書店の「試し読み」が今後ますます作品の成否を大きく左右するのではないか、なんてことを考えました。

何を今更そんな初歩的なことを、と呆《あき》れられてしまうかもしれませんが。

私的な思い出話を書かせていただくと、若い頃の私は文庫や新書を買う際、書店で一時間も二時間も粘って一冊丸々立ち読みして、もう一度読みたいと思った物をレジに持って行くのが習慣化していました。今思えば本を汚す迷惑な客でしたね。

自分がそういうラスト重視、後半重視の読者だった所為《せい》か、私には序盤でもたもたする悪癖があります。ですが映画の導入部で飽きてしまう今の自分を省みて、やはりこの悪癖は直さなければなぁ……、と痛感しているところです。

今巻の序盤で戦闘シーンに多くのページを割いているのはその為《ため》——というわけではありませんが。

さて、本シリーズもいよいよ佳境に入って参りました。ただ本作には、倒すべきラスボスはいません。このシリーズの決着は、勝敗とは別のところにあります。

皆様には是非それを見届けていただきたいと存じます。

（佐島《さとう》　勤《つとむ》）

◉佐島 勤著作リスト

「魔法科高校の劣等生①〜㉜」（電撃文庫）
「魔法科高校の劣等生SS」（同）
「魔法科高校の劣等生 Appendix①〜②」（同）
「続・魔法科高校の劣等生 メイジアン・カンパニー①〜⑤」（同）
「新・魔法科高校の劣等生 キグナスの乙女たち①〜④」（同）
「魔法科高校の劣等生 司波達也暗殺計画①〜③」（同）
「ドウルマスターズ1〜5」（同）
「魔人執行官《デモーニック・マーシャル》 インスタント・ウィッチ」（同）
「魔人執行官《デモーニック・マーシャル》2 リベル・エンジェル」（同）
「魔人執行官《デモーニック・マーシャル》3 スピリチュアル・エッセンス」（同）

本書に対するご意見、ご感想をお寄せください。

ファンレターあて先
〒 102-8177　東京都千代田区富士見 2-13-3
電撃文庫編集部
「佐島 勤先生」係
「石田可奈先生」係

読者アンケートにご協力ください!!

アンケートにご回答いただいた方の中から毎月抽選で10名様に
「図書カードネットギフト1000円分」をプレゼント!!

二次元コードまたはURLよりアクセスし、
本書専用のパスワードを入力してご回答ください。

https://kdq.jp/dbn/　パスワード　8hnv8

- ●当選者の発表は賞品の発送をもって代えさせていただきます。
- ●アンケートプレゼントにご応募いただける期間は、対象商品の初版発行日より12ヶ月間です。
- ●アンケートプレゼントは、都合により予告なく中止または内容が変更されることがあります。
- ●サイトにアクセスする際や、登録・メール送信時にかかる通信費はお客様のご負担になります。
- ●一部対応していない機種があります。
- ●中学生以下の方は、保護者の方の了承を得てから回答してください。

本書は書き下ろしです。

電撃文庫

続《ぞく》・魔法科《まほうか》高校《こうこう》の劣等生《れっとうせい》
メイジアン・カンパニー⑤

佐島《さとう》 勤《つとむ》

2022年11月10日　初版発行

発行者　山下直久
発行　株式会社KADOKAWA
〒102-8177　東京都千代田区富士見2-13-3
0570-002-301（ナビダイヤル）
装丁者　荻窪裕司（META＋MANIERA）
印刷　株式会社暁印刷
製本　株式会社暁印刷

ISBN978-4-04-914527-4　C0193　Printed in Japan

電撃文庫　https://dengekibunko.jp/

電撃文庫創刊に際して

文庫は、我が国にとどまらず、世界の書籍の流れのなかで〝小さな巨人〟としての地位を築いてきた。古今東西の名著を、廉価で手に入りやすい形で提供してきたからこそ、人は文庫を自分の師として、また青春の想い出として、語りついできたのである。

その源を、文化的にはドイツのレクラム文庫に求めるにせよ、規模の上でイギリスのペンギンブックスに求めるにせよ、いま文庫は知識人の層の多様化に従って、ますますその意義を大きくしていると言ってよい。

文庫出版の意味するものは、激動の現代のみならず将来にわたって、大きくなることはあっても、小さくなることはないだろう。

「電撃文庫」は、そのように多様化した対象に応え、歴史に耐えうる作品を収録するのはもちろん、新しい世紀を迎えるにあたって、既成の枠をこえる新鮮で強烈なアイ・オープナーたりたい。

その特異さ故に、この存在は、かつて文庫がはじめて出版世界に登場したときと、同じ戸惑いを読書人に与えるかもしれない。

しかし、〈Changing Times,Changing Publishing〉時代は変わって、出版も変わる。時を重ねるなかで、精神の糧として、心の一隅を占めるものとして、次なる文化の担い手の若者たちに確かな評価を得られると信じて、ここに「電撃文庫」を出版する。

1993年6月10日
角川歴彦

電撃文庫DIGEST　11月の新刊

発売日2022年11月10日

新作 **デモンズ・クレスト1** 現実∽侵食 著／川原 礫　イラスト／堀口悠紀子	「お兄ちゃん、ここは現実だよ！」 ユウマは、VRMMORPG《アクチュアル・マジック》のプレイ中、ゲームと現実が融合した《新世界》に足を踏み入れ……。川原礫最新作は、MR（複合現実）＆デスゲーム！
続・魔法科高校の劣等生 **メイジアン・カンパニー⑤** 著／佐島 勤　イラスト／石田可奈	USNAのシャスタ山から出土した『導師の石板』と『コンパス』。この二つの道具はともに、古代の高度魔法文明国シャンバラへの道を示すものではないかと考える達也は、インド・ペルシア連邦へと向かうのだが——。
呪われて、純愛。2 著／二丸修一　イラスト／ハナモト	よみがえった記憶はまるで呪いのように廻を蝕んでいた。白雪と魔子の狭間で惑う廻は、幸福を感じるたびに苦しみ、誠実であろうとするほど泥沼に堕ちていく。三人全員純愛。その果てに三人が選んだ道とは——。
姫騎士様のヒモ3 著／白金 透　イラスト／マシマサキ	ついに発生した魔物の大量発生——スタンピード。迷宮内に取り残されてしまった姫騎士アルウィンを救うため、マシューは覚悟を決め迷宮深部へと潜る。立ちはだかる危機の数々に、最弱のヒモはどう立ち向かう！？
竜の姫ブリュンヒルド 著／東崎惟子　イラスト／あおあそ	第28回電撃小説大賞《銀賞》受賞『竜殺しのブリュンヒルド』第二部開幕！　物語は遡ること700年……人を愛し、竜を愛した巫女がいた。人々は彼女をこう呼んだ。時に蔑み、時に畏れ——あれは「竜の姫」と。
ミミクリー・ガールズII 著／ひたき　イラスト／あさなや	狙われた札幌五輪。極東での作戦活動を命じられたクリスティたち。首脳会談に臨むが、出てきたのはカグヤという名の少女で……。
妹はカノジョにできないのに 3 著／鏡 遊　イラスト／三九呂	「妹を卒業してカノジョになる」宣言のあとも雪季は可愛い妹のままで、晶穂もマイペース。透子が居候したり、元カノ（？）に遭遇したり、日常を過ごす春太。が、クリスマスに三角関係を揺るがすハプニングが!?
飛び降りる直前の同級生に『×××しよう!』と提案してみた。2 著／赤月ヤモリ　イラスト／kr木	胡桃のイジメ問題を解決し、正式に恋人となった二人は修学旅行へ！　遊園地や寺社仏閣に、珍しくテンションを上げる胡桃。だが、彼女には京都で会わなければいけない人がいるようで……。
新作 **サマナーズウォー／召喚士大戦1** 喚び出されしもの 著／榊 一郎　イラスト／toi8 原案／Com2uS　企画／Toei Animation/Com2uS 執筆協力／木尾寿久(Elephante Ltd.)	二度も町を襲った父・オウマを追って、召喚士の少年ユウゴの冒険の旅が始まる。共に進むのはオウマに見捨てられた召喚士の少女リゼルと、お目付け役のモーガン。そして彼らは、王都で狡猾な召喚士と相まみえる——。
新作 **ゲーム・オブ・ヴァンパイア** 著／岩田洋季　イラスト／8イチビ8	吸血鬼駆逐を目的とした機関に所属する汐瀬命は、事件捜査のため天霧学園へと潜入する。学園に潜む吸血鬼候補として、見出したのは４人の美少女たち。そんな中、学園内で新たな吸血鬼の被害者が出てしまい——。
新作 **私のことも、好きって言ってよ!** ～宇宙最強の皇女に求婚された僕が、世界を救うために二股をかける話～ 著／午鳥志季　イラスト／そふら	宇宙を統べる最強の皇女・アイヴィスに〝一目惚れ〟された高校生・進藤悠人。地球のためアイヴィスと付き合うことを要請される悠人だったが、悠人には付き合い始めたばかりの彼女がいた！　悠人の決断は——？